同题散文经典

陈子善 蔡翔 ◎ 编

秋夜
故都的秋

鲁迅 郁达夫 等 ◎ 著

人民文学出版社

图书在版编目(CIP)数据

秋夜　故都的秋 / 鲁迅等著；陈子善，蔡翔编.
—北京：人民文学出版社，2017(2024.10 重印)
(同题散文经典)
ISBN 978-7-02-012602-6

Ⅰ.①秋… Ⅱ.①鲁… ②陈… ③蔡… Ⅲ.①散文集
-中国-现代②散文集-中国-当代　Ⅳ.①I266

中国版本图书馆 CIP 数据核字(2017)第 068975 号

责任编辑：朱卫净　张玉贞
封面设计：汪佳诗

出版发行　人民文学出版社
社　　址　北京市朝内大街 166 号
邮政编码　100705

印　　刷　山东新华印务有限公司
经　　销　全国新华书店等

开　　本　890 毫米×1240 毫米　1/32
印　　张　6.25
插　　页　2
字　　数　132 千字
版　　次　2007 年 7 月北京第 1 版
印　　次　2024 年 10 月第 4 次印刷

书　　号　978-7-02-012602-6
定　　价　39.00 元

如有印装质量问题，请与本社图书销售中心调换。电话：010－65233595

# 编辑例言

中国素来是散文大国,古之文章,已传唱千世。而至现代,散文再度勃兴,名篇佳作,亦不胜枚举。散文一体,论者尽有不同解释,但涉及风格之丰富多样,语言之精湛凝练,名家又皆首肯之。因此,在时下"图像时代"或曰"速食文化"的阅读气氛中,重读散文经典,便又有了感觉母语魅力的意义。

本着这样的心愿,我们对中国现当代的散文名篇进行了重新的分类编选。比如,春、夏、秋、冬,比如风、花、雪、月等等。这样的分类编选,可能会被时贤议为机械,但其好处却在于每册的内容相对集中,似乎也更方便一般读者的阅读。

这套丛书将分批编选出版,并冠之以不同名称。选文中一些现代作家的行文习惯和用词可能与当下的规范不一致,为尊重历史原貌,一律不予更动。考虑到丛书主要面向一般读者,选文不再注明出处。由于编选者识见有限,挂一漏万在所难免,因此,遗珠之憾也将存在。这些都只能在编选过程中逐步弥补,敬请读者诸君多多指教。

# 目录

秋夜 …………………… 鲁　迅　1

新秋随笔 ……………… 叶灵凤　3

秋夜 …………………… 丽　尼　5

秋潮 …………………… 郭建英　7

好个秋 ………………… 赵清阁　12

秋色赋 ………………… 峻　青　14

秋韵 …………………… 宗　璞　21

秋日小札 ……………… 张秀亚　24

没有秋虫的地方 ……… 叶绍钧　29

栗和柿 ………………… 施蛰存　31

红叶 …………………… 倪贻德　35

以虫鸣秋 ……………… 唐　弢　37

| | | |
|---|---|---|
| 失群的红叶 | 柯　灵 | 42 |
| 晚秋植物记 | 孙　犁 | 44 |
| 秃的梧桐 | 苏雪林 | 48 |
| 秋天的落叶 | 谢冰莹 | 50 |
| 迟暮的花 | 何其芳 | 52 |
| 赏菊狮子林 | 周瘦鹃 | 57 |
| 香山红叶 | 杨　朔 | 60 |
| 枫叶如丹 | 袁　鹰 | 63 |
| 北国秋叶 | 薛尔康 | 65 |
| 香山看叶 | 郑云云 | 68 |

| | | |
|---|---|---|
| 印度洋上的秋思 | 徐志摩 | 73 |
| 异国秋思 | 庐　隐 | 80 |
| 故都的秋 | 郁达夫 | 84 |
| 济南的秋天 | 老　舍 | 88 |
| 枫桥的梦 | 柯　灵 | 91 |
| 杭江之秋 | 傅东华 | 94 |
| 碧云寺的秋色 | 钟敬文 | 100 |
| 秋外套 | 黎烈文 | 105 |

秋日草原 ………… 郭保林 109

秋天到纽约去看树 …… 余方德 116

九寨的秋 ………… 陈　村 121

秋天的况味 ………… 林语堂 129

秋的感怀 ………… 孟　超 131

秋日风景画 ………… 穆木天 134

秋 ……………… 丰子恺 145

秋天 ……………… 李广田 149

秋夜 ……………… 关　露 153

秋忆 ……………… 邓云乡 159

秋天的音乐 ………… 冯骥才 163

秋天的怀念 ………… 史铁生 168

姑苏台畔秋光好 …… 周瘦鹃 170

秋天的感觉 ………… 李国文 176

写给秋天 ………… 罗　兰 180

淡紫的秋 ………… 季　薇 183

# 秋夜

◎鲁迅

在我的后园,可以看见墙外有两株树,一株是枣树,还有一株也是枣树。

这上面的夜的天空,奇怪而高,我生平没有见过这样的奇怪而高的天空。他仿佛要离开人间而去,使人们仰面不再看见。然而现在却非常之蓝,闪闪地睒着几十个星星的眼,冷眼。他的口角上现出微笑,似乎自以为大有深意,而将繁霜洒在我的园里的野花草上。

我不知道那些花草真叫什么名字,人们叫他们什么名字。我记得有一种开过极细小的粉红花,现在还开着,但是更极细小了,她在冷的夜气中,瑟缩地做梦,梦见春的到来,梦见秋的到来,梦见瘦的诗人将眼泪擦在她最末的花瓣上,告诉她秋虽然来,冬虽然来,而此后接着还是春,胡蝶乱飞,蜜蜂都唱起春词来了。她于是一笑,虽然颜色冻得红惨惨地,仍然瑟缩着。

枣树,他们简直落尽了叶子。先前,还有一两个孩子来打他们别人打剩的枣子,现在是一个也不剩了,连叶子也落尽了。他知道小粉红花的梦,秋后要有春;他也知道落叶的梦,春后还是秋,他简直落尽叶子,单剩干子,然而脱了当初满树是果实和叶子时候的弧形,欠伸得很舒服。但是,有几枝还低亚着,护定他从打枣的竿梢所得的皮伤,而最直最长的几枝,

却已默默地铁似的直刺着奇怪而高的天空,使天空闪闪地鬼䁖眼;直刺着天空中圆满的月亮,使月亮窘得发白。

鬼䁖眼的天空越加非常之蓝,不安了,仿佛想离去人间,避开枣树,只将月亮剩下。然而月亮也暗暗地躲到东边去了。而一无所有的干子,却仍然默默地铁似的直刺着奇怪而高的天空,一意要制他的死命,不管他各式各样地䁖着许多蛊惑的眼睛。

哇的一声,夜游的恶鸟飞过了。

我忽而听到夜半的笑声,吃吃地,似乎不愿意惊动睡着的人,然而四周的空气都应和着笑。夜半,没有别的人,我即刻听出这声音就在我嘴里,我也即刻被这笑声所驱逐,回进自己的房。灯火的带子也即刻被我旋高了。

后窗的玻璃上丁丁地响,还有许多小飞虫乱撞。不多久,几个进来了,许是从窗纸的破孔进来的。他们一进来,又在玻璃的灯罩上撞得丁丁地响。一个从上面撞进去了,他于是遇到火,而且我以为这火是真的。两三个却休息在灯的纸罩上喘气。那罩是昨晚新换的罩,雪白的纸,折出波浪纹的叠痕,一角还画出一枝猩红色的栀子。

猩红的栀子开花时,枣树又要做小粉红花的梦,青葱地弯成弧形了……。我又听到夜半的笑声;我赶紧砍断我的心绪,看那老在白纸罩上的小青虫,头大尾小,向日葵子似的,只有半粒小麦那么大,遍身的颜色苍翠得可爱,可怜。

我打一个呵欠,点起一支纸烟,喷出烟来,对着灯默默地敬奠这些苍翠精致的英雄们。

1924 年 9 月 15 日

# 新秋随笔

◎叶灵凤

宴罢归来,卸下外衣,不去扭开台上的电灯,我径自在窗槛上倚下。

时候并不十分地迟,但是街上静悄悄的已没有什么人迹。

当窗的一棵街树,夏来郁郁森森,长得挤满了四面窗的位置,从窗上俯身出去,伸手便可触着沁凉的树叶。风过处浑浑地抖动,月夜疏疏的掌状图案便从窗上地板上一直延到墙上,但是眼镜一除下,黑森森的满眼又都变成蠕动的怪物了。

虽是雨夜的淅滴声能使我增加不少读书的兴趣,但是想到树儿在春日是如何艰难地白手起家,如今竟这样地骄扬跋扈,我总止不住要嘲笑它未来的秋日的命运。

有一向,对面高楼顶上小窗中的法国戍兵,不时有幽怨的梵俄铃声从树梢飞下,凄颤颤的似乎在抽抒着他的乡思。这迷人的弦声近来久不听见了,这难道是薄幸儿找着了他异国情怀的寄托者么?

从繁密的树叶中向街下望去,偶然驰过的摩托车尾的红灯,荧荧的似乎在向你送着无限的眷念,使你不自止地要伸身也去向它追随;我相信,灯光若能在隐约中永诱着不使我绝念,我或者不自知地翻身去做堕楼人也未可知。只是,想到车中的坐客或许是我曾经从心上推下的人儿,却便又将目光移

开期望着另一个未来的灯光了。

仰首望天,星光熠熠,横亘的银河似乎是舞女卸下的一条衣带。风过处,一阵新凉,使人想起热情腾沸的夏季已经在检点着她的残妆了。繁华似梦,梦也不长,红灯下娇喘的欢乐中,谁又顾到灯残后的寥落?

不知是怎样,一年四时中我所最留恋的独是秋天;夏是伧夫,春是艳姝,冬是嫠妇,只有秋天才是一位宜浓宜淡,亦庄亦喜,不带俗气,有伟大的心情,文学的趣味,能领略你的一位少女。然而秋天也是最足动人愁思的一个;红颜薄命,这大约是无可奈何的事了。

最使我荒怠的是夏季,心上的灰尘与书上的灰尘几乎是同样地日渐加积,但是近日,看着森绿的树叶似乎无形中有了一层苍气,天高云薄,风吹到脸上能使人飘飘地起一点闲思,我知道一年一度的佳期不远,心上不觉又渐渐地活跃起来了。

风晴微暖的午后,骑驴在斜狭的山道上看红叶;夜寒瑟瑟,拥毡侧耳听窗外的雨声。晨窗下读书,薄暮中闲走,稿件急迫时当了西风披绒线衫在灯下走笔,种种秋日可追忆的情调,又都一一在我心上活动了。

车声不时戛然驰过,黑暗中我倚了窗槛尽是这样的追忆。

# 秋夜

◎丽尼

四个人在田间的小径上移动着,如同四条影子,各人怀抱着自己底寂寞,和世界底愁苦。

月色是迷蒙的,村庄已经遥远了。

小溪之中没有流水,田间没有庄稼。

路旁坟上的古柏,在月光之下显得更其憔悴而苍老了。

惟有秋风是在忧愁地吹。没有夜露。

没有目的的旅程,向着什么地方去的呢?世界是一个大的荒原。

只是如影子一般地沉默着啊。

低着头,看着自己底影子没在黄尘之中,想着被留在故乡的人们底命运。

往古的日子回到记忆中来,那些日子,如今是不会有的了。

于是,脚步渐渐地移动得更为缓慢。

往日,那是什么日子?只要把种子撒在地上,就是收成。手和足还有什么用啊!

村里的人会酿酒,会织布,会笑,会唱歌。

工作里面有着快乐。只要得到了五串钱,可不是就有一亩自己底土地?

青苗是可爱的;土地散发着芳香。

然而,土地却渐渐地变成荒芜,渐渐地不属于自己了。

四个人寂寞地移动着,如同四条影子。

乌云却围合了上来,罩住了整个的大地。

"就是能够下雨吧,下雨又有什么用?从枯槁的干草和别人底田禾里能够希望收成么?出去了的人就没有能够回来的;从往古直到现在,永远是这个道理。"

于是,沉默地走着了。走向着不可知的土地。

在心底,不知觉地闯入了客死他乡的哀愁。

寻水的田蛙被饥饿的土蛇追赶着,发出了哀哀的鸣声。

秋风在田野之中作着不可以理解的咒语。

"黑暗里面还有前途么?"

于是,哀愁的心如铅一般地沉落了,给每个人加上了重负。

移动着,寂寞地,四条影子,被埋在黑暗底怀中。

1934 年 9 月

# 秋潮

◎郭建英

我已经渴望很久了,在灰晦的粘凝中,在惨淡的死寂里,它终于来临了。

这就是京都深秋的夜风。这威势,是一种告别,是一种远逝,是一种荡涤。对于我,也是心灵的默契和启迪,焦渴期待的回答。

对于秋风体察得入微入致的,当数欧阳子的《秋声赋》了。秋风的兴之容,气之声,作家是以心去领悟,以神去契合,以思去发掘的。每读,必悚然惊悸,仿佛也拂扬着肃杀之气。

然而,欧阳子笔下的秋风,兴起于夏秋之间,沐浴于丰草佳木之绿,最初酷似淅淅沥沥的雨声,渐渐才成浩荡杀气和如兵如刑的严酷。而今夜的秋风,却似从空廓苍穹中落下,汇北方高原上的凛冽,排成方阵,来扫荡残枝败叶,排遣烟霏云霭。是的,我早就呼唤这场秋风了。

不知何故,今年北京的秋天愁惨得像铅石,像死灰。终日灰雾笼罩,太阳化为一团无光的白纸,天空变成一汪停滞的死水,混混沌沌,郁郁闷闷,全不见高爽的清,宁馨的静,令人情思悠远的悲凉。树叶虽凋残,但不陨落;虽腐败,但不透黄。无声地挂在枝头,遮一片惨白的阳光,投下模糊的影子,该消逝的偏偏死恋,该枯殒的偏偏滞留;该豪放溃退的,偏偏抽丝滴漏;

该长啸大哭的,偏偏低声抽泣,这样,怎不使人郁结愁闷呢?

  北京的秋原是最令人向往的季节,自立秋那日,便陡然揭去一层潮气,若留心,那墙基、床下的阴湿、霉斑都悄悄消歇、隐匿,变为一片干爽飒利。皮肤的感觉更为奇妙,只要秋风暗起,便顿时觉得脱下一件湿衣,换上一件绸衫,清凉敷之于身,快意沁之于体。而天空收敛了氤氲雾霭,立刻飞升得高远。于是,阳光格外绚丽灿烂,一片片绿叶,一朵朵红花,都像浸了牛乳,镀了一层电光。那绿,那红,都灼灼闪射着一层空落和寂寞。这时,系在杨叶上的风,哗哗不息,仿佛夏天的潮退了。尽管一切如初,但都感受到一种凌厉和惶悚。从此,那秋的味、秋的色,便一日浓似一日,空灵、饱满而悠长,让你充分领略,漱洗。虽然,北京的行人依旧熙熙攘攘,但鸽哨会隐隐萦回,灰色的鸟儿也会翩翩盘桓。这声色、姿容,会在古老的灰房子上留下一些肃穆,也会在塔楼之间留下一片空旷,而人的眸子也从鸽哨的起落,鸟翼的回旋里,平添了无端的忧愁,无名的感怀,自己的思绪也会盘绕、飞翔,一直融入青丽的天空,而后,真切地触摸着自己的存在。不久,第一片黄叶飘落了,消闲、轻盈,过滤着你的视线,许久,才带着回响坠地,那苍绿的山冈上,不知不觉就红了一枝、一树。这极有表现力的色彩,涨了秋潮,人们一批批向香山涌去,像赶会一般。每年,每年,这一叠一叠的浪头在追寻什么呢?这醇味像美酒,带着浓香,这景象一如壮烈的殉难,试想这红花一般炽烈的死,该怎样照亮活者的人生?大概半月之后,人们又丢下满山红叶,任它自行消歇、飘零。是啊,"物既老而悲伤……物过盛而当杀",秋,当赋予岁月给它的使命。

  一夜秋风,黄叶尽落,枝条横空,地上留下退潮的沙岸,天空中悬挂着一张版画。脚踏上去,柔软、弛松,响起哗哗的潮的回声;树把空间留下,让你以思想,以感情去填满、充实。这时候,会感到和谐,幽静中洋溢着温暖和喜悦。唔,远方仿佛有一束弦,正弹着柔美的细音,而朝日的火球上,刻下了疏林的剪影。那黑色的线条,恰似深秋肃穆沉静的夜。

在北京,我已经消受了几十个秋了,韵味一个比一个悠长,意趣一个比一个深切,而且品味得愈长久,领略得愈细微、精醇。从夏天进入绿叶葱茏的繁盛期,仿佛就期待秋,至于秋后的冬呢?当然横亘着单调的灰线,支撑起白色的拱影。鸟雀飞掠,光斑明灭,啁啾清灵,而自己正燃烧着生命的希冀,沸腾着诗的激情。我在秋所安排的冬里惊悸了,苏醒了。

然而,眼前却是一个个阴沉的日子。愁惨、阴郁拂都拂不去,无奈,我只有一遍遍地听着柴可夫斯基的《悲怆》,体味着作曲家的叹息、回忆和最后的向往。这旋律的飞翼像秋天的鸽子的盘桓消逝,带着一缕灰色的悲哀和闪烁不定的希望,以及萦绕不绝的甜蜜。不知谁说过这样的话:"一个人能够有悲剧的情绪,感受着各种的悲哀,他就不是一个浑浑噩噩的人了。"因而,文学作品中的伤感、惆怅总是那么动人、诱人,这乃是艺术感觉极致的表现,它发掘了沉浊和昏聩,也揭示真谛和深邃。本来生活就是以痛苦和悲哀作为自己的奠基石的,当它青烟般和灰鸽一起飞掠,对于人们的感情当是一种召唤,一种抚慰,一种拨弹了。然而,这少有的秋色也过于凝重了,寂寥了,长久了,像飞不出的梦,焦躁,呼喊,挣扎,却又销蚀,磨灭,自馁,一日日损耗着感情,砥砺着力量。唔,假如,把自信也失去了呢?

终于,一场凌厉的秋风来临了。从天空,从地面立体地拉

开了纵横交织的战线,进攻了。一切晦气、阴霾都将在它的凛冽清明的大气中消散,这是怎样辉煌的景观。于是,乘兴拉开窗帘,迎晦冥的夜色而兀然独立,专注睇视,潜心远听。唔,松惊骇而惶悚,杨摇撼而颤抖,那些早已干枯而不黄不落的死叶也如瀑布,萧萧飞落。决断、刚烈,从苟且的死,飞向磅礴的死。生,有一种生观,与之相伴随的也有一种死观,死总在徘徊、流连,便会造成生的沮丧、灰暗。当树叶全部谢去,剩下可数的枝条,而天空也刮清了弥弥的尘埃,露出晶莹晴晖,月像梨花柔红,星像雏菊黝青,一切都经过洗涤,经过淬锻,爽朗、洁净,仿佛飒飒流下缕缕清寒,暗暗砭人肌骨。这时,睡意扫尽,索性走到室外的凉台上,唔,月辉流溢,夜光清朦,远方的古塔若隐若现,近旁的西山似睡似醒,仿佛都在梦里,又都在沉思中。尤其那一起一伏温存而肃穆的山影,仿佛绵延的弦,震颤着,向着青霄鸣唱。

四野寂悄,粗干细枝都没有一丝摇动,喑哑了,肃静了。但那修长的枝条,在沉默里,已孕育了一粒紫红的苞子,它将在我的窗前陪伴我整整一个冬天。它圆实、饱满,仿佛明日就会绽放,但是它一味地等待,一味地汲取,没有一丝焦躁。多少年了,我们在长冬里隔窗对望,慢慢地成了故知好友,它就是来年的绿叶。

那离视线稍远的柿树,煞似烧焦了,真真地化成了炭。是啊,那灯笼一般的果实摘去了,又接来严霜染红了自己的叶子,浓雾的清晨,温蔼的晚暮,那叶子像一片炽热的花,老远就送来一树呼唤,但大风又折断了它的细枝,只剩下几根粗大的枝丫。可那柿叶还顽强地坠着一束两束,现着微红。这叶,不是死恋,不是苟且,是冬日灰幕中的火,点缀着旷远的大野。

在天地相衔的地方，有一抹淡淡的影子，苍茫得像浮云，缥缈得像箫声，我知道这是落叶的疏林，绘出天宽地阔的景象，凑成一片忧愁哀伤，引发你心中的酸楚、微甜，它简直像不息的钟的回响，望一眼便会引起心中的微颤，而凌晨，疏林后会升起曙色的第一抹淡红，然后再为那轮绚丽的红日长久梳理，最后以自己纤细的手臂，把它托举起来，于是才有冬天的阳光，从疏林上，可望雀阵、鸦群，那呼啸的起落，寂寂的翅翼，都平添了冬日的诗意。冬，有自己素净的美，也蕴含着纷繁的美，这种美是秋风的馈赠。

　　啊，秋潮退去了，四野在沉寂中蕴含着生命的躁动。

# 好个秋

◎赵清阁

好个秋,天清气爽,云敛日丽!

我仿佛在酣梦里,不,这是我梦寐以求的现实;这样优美的境界,这样崭新的时代!

大地披上了节日的盛装,到处呈现出繁荣的景象;笑声、歌声,汇成了欢乐的海洋!

"十二大"绘制的宏伟蓝图,展示在人民的眼前;仲秋的月,分外圆,分外光;恰又值建国三十三周年诞辰,喜事重重!

就在这使人陶醉的时刻,我迎来了您,尊敬的师友,申江的故旧!您,为节日增添了色彩,为我带来了幸福!

寒露的风,有点凉飕飕的,秋深了!

这一天,晴空万里,朝阳和煦如春。我去到您的旅邸访谒,只见您轻松愉快,神采奕奕,一身布衣布履,朴素大方,丰姿翩翩!

我们白首并肩,挽手漫步庭院;在常青劲松树下,在藤蔓月季花前;阵阵丹桂飘香,沁人心田;对此美景,诗情画意俱盎然!

闲话间,您叹我一生坎坷,多经考验;您夸我笔耕勤奋,未尝中断;您又教我开阔胸襟,远瞩高瞻,忘却那些辛酸往事;任它行云流水,烟消雾散。我铭记您的金玉良言,感谢您鞭策我"老骥伏枥",不弃愚顽。

您是我的楷模,长征不息,战斗一生;坦荡无私,革命正气贯虹霓!愧我望尘莫及,余年愿为"万卷诗书事业",尽心力,争朝夕,不辜负知己!

承赠我两枝木樨压花,酬答您一帧菊桂丹青;水墨不如天然美,一点情意!

重阳后,《红楼梦》大会闭幕,全国菊展凑雅兴;群葩争妍,千种夺魁;沪滨权当大观园!

目送您凌空登高翱翔返北国;傲风霜;寿比南山!

看枫叶红似火,好个秋!

1982年11月小雪前六日

## 秋色赋

◎峻青

时序刚刚过了秋分,就觉得突然增加了一些凉意。早晨到海边去散步,仿佛觉得那蔚蓝的大海,比前更加蓝了一些;天,也比前更加高远了一些。回头向古陌岭上望去,哦,秋色更浓了。

多么可爱的秋色啊!

我真不明白,为什么欧阳修作《秋声赋》时,把秋天描写得那么肃杀可怕,凄凉阴沉?在我看来,花木灿烂的春天固然可爱,然而,瓜果遍地的秋色却更加使人欣喜。

秋天,比春天更富有欣欣向荣的景象。

秋天,比春天更富有灿烂绚丽的色彩。

你瞧,西面山洼里那一片柿树,红得是多么好看。简直像一片火似的,红得耀眼。古今多少诗人画家都称道枫叶的颜色,然而,比起柿树来,那枫叶却不知要逊色多少呢。

还有苹果,那驰名中外的红香蕉苹果,也是那么红,那么鲜艳,那么逗人喜爱;大金帅苹果则金光闪闪,闪烁着一片黄澄澄的颜色;山楂树上缀满了一颗颗红玛瑙似的红果;葡萄呢,就更加绚丽多彩,那种叫"水晶"的,长得长长的,绿绿的,晶莹透明,真像是用水晶和玉石雕刻出来似的;而那种叫做"红玫瑰"的,则紫中带亮,圆润可爱,活像一串串紫色的珍珠……

哦！好一派迷人的秋色啊！

我喜欢这绚丽灿烂的秋色，因为它表示着成熟、昌盛和繁荣，也意味着愉快、欢乐和富强。

今年，胶东半岛上雨水充足，气候适宜。一开春，小麦就长得很好，得到了可喜的收成。六月间，当我乘坐胶济列车经过昌潍大平原时，看到那金色的麦浪，像海洋似的荡漾在一望无际的大平原上，而打下来的麦子，则像一座座的山岭堆在铁路两旁的场地上，心里禁不住欣喜万分。当时，我曾把这种欢乐的心情，写信告诉过许多和我同乡的战友，让他们和我一起共享这故乡丰收的欢乐。现在，时间过去了刚刚三个多月，前几天，当我乘坐由青岛开往烟台的列车经过胶东内地时，又看到了一幅秋天大丰收的欢乐景象：金黄色的谷子刚收割了不久，高粱又熟得火红一片，山坡上、田野里，到处都是紧张秋收的人群。村头上、打谷场里，到处都堆着像小山一样高的庄稼秸子和金光闪闪的包米穗子。胶东，这个不愧为水果之乡的半岛上，今年的水果特别丰收。列车经过莱阳车站的时候，车站上摆满了著名的莱阳梨，这梨又大又甜，人们告诉我：今年梨的产量，大大地超过了去年。

在烟台西沙旺，我曾参观了以盛产烟台苹果著称的幸福公社。现在，正是苹果成熟的时候，一踏进那绿色海洋般的果林里，就闻到一股浓烈的苹果香气。人们告诉我，六十年前，这儿还是一片荒凉的沙滩，那赭黄色的沙地上，什么都没有。栽植苹果，只不过是近三四十年的事情，而苹果的大规模发展，却是在解放之后，而尤其是近几年来。瞧，那一棵棵枝叶茂盛的果树上，累累的果实把树枝都压弯了，有的树枝竟然被苹果压断了，而大多数树枝不得不用木杆撑住。生产队门前

的广场上,收摘下来的苹果堆得像小山一样,成群的姑娘们正在把这驰名中外的香蕉苹果包装到雪白的木箱子里,一辆接一辆的卡车,又把这包装得整整齐齐的苹果运送到海关码头和火车站去。很快地,国内各大城市和国外一些地方都尝到了这芬芳甘甜的美味了。让那些吃到这种美味的朋友们,也都来分享一份我们丰收的喜悦吧。

前天,在威海市的陶家夼,我又看到一派更令人喜爱的秋色。那里,除和烟台西沙旺一样有着成片的苹果林以外,而更有特色的却是葡萄,那简直是一个葡萄的王国。九十多户的山村,整个地都笼罩在绿色的葡萄架下。那风光,就别提有多么幽美了。就请想像一下那条奇特而美丽的街道吧。这是一条完全由茂密的葡萄枝叶所搭成的街道。因为街道的两旁也栽遍了葡萄,那茂密的枝藤顺着架子交叉着爬满了大街的两旁和上空,使得大街变成了一条长长的绿色的走廊。现在,葡萄全都熟了,那一串串亮晶晶的淡绿色、紫红色、米黄色的葡萄,挂满了大街的两旁和上空,人在这大街上走着,就仿佛走进了一个琥珀和珍珠缀成的世界。

一条从山谷的深处流经村庄前面的小河,小河的两岸和上空,也长满了葡萄,姑娘们在葡萄下面洗衣服,那五光十色的葡萄和姑娘们的影子一起倒映在清澈的河水里……

家家户户的院子里,也都盖满了葡萄。头一年栽下一棵小小的枝丫,第二年就爬满了整个的院落,使得院子和屋里都充满了绿色。人们就在这葡萄架下吃饭乘凉,妇女们则在葡萄架下做针线活儿。

今年的葡萄特别丰收,一般的每棵都收摘到一千斤以上,其中有一棵竟然收摘了两千六百多斤。这种丰硕的收成是令人可喜的。然而更加令人欣喜的还是那种在陶家峁村民中普遍形成的高尚风气:在这里,不论是大街上或是小河旁,那遍地触手可及的葡萄,竟没有一粒丢失的。且不说大人,就连七八岁的孩子,也都把集体的财物,看得比自己的还重要。去年,陶家峁在超额完成了国家的收购任务之后,把剩余的一万多斤苹果分给了社员们。社员们却把这分到的苹果按收购牌价卖给了公家。这是多么令人钦佩的高尚品质啊!

应该说,这也是一种丰收,是一种精神品质上的丰收。而这种丰收,比起谷物果木的丰收来,更加可贵,更加令人兴奋。因为一般的谷物丰收,可能出现在任何一个风调雨顺的角落里,而这种精神品质上的丰收,却只能出现在我们这社会主义的土壤上,出现在毛泽东的时代里。

我们中国有句农谚:"不行春风,难得秋雨。"

这句话,不只是一种气候上的规律,也是人类生活中的一条哲理。谁都知道,眼前这丰硕的收成,并不是凭空得来的,而尤其是在那连续几年的严重灾荒之后。

我们并不讳言,前两年,我们的确有过一段相当困难的时刻,但是这种情况改变得很快。记得今年三月间,当我乘坐由济南开往烟台的列车经过昌潍大平原的时候,看到铁路两旁的田野里,到处是紧张忙碌的人群。那时候,天气还很冷,潍河里还在流着浮冰,平原上整天价在刮着扬天揭地的老黄风。人们就在这大风中刨地耕田,生产热情是那么高,干劲是那么足。这时候,和我同车的一位老汉站在车窗前面,眯着眼睛,向外望着那一群群在田野上耕作的人们,望着那扬天揭地的大风,自言自语地说:

"好哇,大风,你就使劲地刮吧。你现在刮得越大,秋后的

雨水就越充足。刮吧,使劲地刮吧,刮来个丰收的好年景,刮来个富强的好日子。"

这老汉大约有六十多岁,胡须头发全都白了,但是精神却很好。他看到我在注意地看他,就冲着我一笑说:

"'不行春风,难得秋雨。'同志,你听到过这句成语吗?"

我点了点头。

他又问:"可是,你知道这春风是从哪里刮来的吗?"

我摇摇头,觉得他的问题提得有些奇怪。

老汉神秘地一笑,指着正北的方向说:"喏,从那里,北京。"

"什么?北京?"我益发困惑不解了。

"嗯,北京。"老汉严肃地点着头,笑眯眯地说,"从北京,从党中央。"

哦!我明白了。

老头子指的是另一种春风。他把党集中力量加强农业的号召称为春风。

我不禁高兴地称赞道:"好,好恰当的比喻。"

老头子说:"这是我一辈子的亲身体验:不管遇到多么大的困难,只要能按着党的指示去做,就一定会得到好的结果。你说我这个体验不对吗,同志?"

为什么不对呢?而且,有着这样的体验的,又何尝只是这老汉一个呢?可以说这是全中国人民共同的体验,是全中国人民从几十年的革命斗争中所摸索出来的一条真理。

春华秋实,没有那浩荡的春风,又哪里会有这满野秋色和大好的收成呢?

国庆节的晚上,我和威海市的人民一起欢度了国庆之夜。尽管这里是地处偏僻的东海之滨的一座小城,然而,我们的节日仍然过得是那么热闹、隆重。从清早起,四乡八舍的人们就成群结队地来到了城中心的广场上,来到了清洁的马路上。他们有从大海里渔罢归来的渔夫,有从深山果林里赶来的农民,有机关的干部,也有工厂的工人和学校里的学生。他们每个人都是满面春风地流露着愉快的神色。

这天夜里,在市中心的职工俱乐部里,我又看到了另外的一种丰收:一个不久前才由机关、工厂的业余戏剧爱好者所组织起来的吕剧团,演出了大型历史剧《则天女皇》。虽然这个剧本本身还存在着许多值得研究的问题,虽然吕剧这种地方剧的形式表现那种大型的宫廷戏还有着许多值得商榷的地方,但是,就表演水平本身而论,却是非常令人兴奋的。因为在这里,我看到了许多有天才有前途的演员,而他们当中的绝大多数,两年前还是工厂的工人或者初中学校的学生呢。看到这精彩的演出,怎能不为这艺术幼芽的成长而感到万分欣喜呢?

春风浩荡,秋雨滂沱。

在这大好的秋收季节里,成熟和丰收的又何止是上面所写到的那几个方面呢?几天来,我不断地漫步山野,巡行田间。眼前那绚丽缤纷的大好秋色,真使人眼花缭乱,应接不暇。

啊,多么使人心醉的绚丽灿烂的秋色,多么令人兴奋的欣欣向荣的景象啊!

在这里,我们根本看不到欧阳修所描写的那种"其色惨淡,烟霏云敛……其意萧条,山川寂寥"的凄凉景色,更看不到那种"渥然丹者为槁木,黟然黑者为星星"的悲秋情绪。看到的只是万紫千红的丰收景色和奋发蓬勃的繁荣气象。因为在

这里,秋天不是人生易老的象征,而是繁荣昌盛的标志。写到这里,我忽然明白了为什么欧阳修把秋天描写得那么肃杀悲伤,因为他写的不只是时令上的秋天,而且是那个时代,那个社会在作者思想上的反映。我可以大胆地说,如果欧阳修生活在今天的话,那他的《秋声赋》一定会是另外一种内容,另外一种色泽。

  我爱秋天。

  我爱我们这个时代的秋天。

  我愿这大好秋色永驻人间。

1962年国庆节次日写于威海市

# 秋韵

◎宗璞

　　京华秋色,最先想到的总是香山红叶。曾记得满山如火如荼的壮观,在太阳下,那红色似乎在跳动,像火焰一样。二三友人骑着小驴,笑语与得得蹄声相和,循着弯曲小道,在山里穿行。秋的丰富和幽静调和得匀匀的,向每个毛孔渗进来。后来驴没有了,路平坦得多了,可以痛快地一直走到半山。如果走的是双清这一边,一段山路后,上几个陡台阶,眼前会出现大片金黄,那是几棵大树,现在想来,也是银杏罢。满树茂密的叶子都黄透了,从树梢披散到地,黄得那样滋润,好像把秋天的丰收集聚在那里了。让人觉得,这才是秋天的基调。

　　今年秋到香山,人也到香山。满路车辆与行人,如同电影散场,或要举行大规模代表会。只好改道万安山,去寻秋意。山麓有一片黄栌,不甚茂密。法海寺废墟前石阶两旁,有两片暗红,也很寥落。废墟上有顺治年间的残碑,镌有"不得砍伐、不得放牧"的字样。乱草丛中,断石横卧,枯树枝头,露出灰蓝的天和不甚明亮的太阳。这似乎很有秋天的萧索气象了。然而,这不是我要寻找的秋的韵致。

　　有人说,该到圆明园去,西洋楼西北的一片树林,这时大概正染着红、黄两种富丽的颜色。可对我来说,不断地寻秋是

太奢侈了,不能支出这时间,且待来年罢。家人说:来年人更多,你骑车的本领更差,也还是无由寻到的。那就待来生罢,我说,大家一笑。

其实,我是注意今世的。清晨照例的散步,便是为了寻健康,没有什么浪漫色彩。这一天,秋已深了,披着斜风细雨,照例走到临湖轩下小湖旁,忽然觉得景色这般奇妙,似乎我从未到过这里。

小湖南面有一座小山,山与湖之间是一排高大的银杏树。几天不见,竟变成一座金黄屏障,遮住了山,映进了水。扇形叶子落了一地,铺满了绕湖的小径。似乎这金黄屏障向四周渗透,无限地扩大了。循路走去,湖东侧一片鲜红跳进眼帘。这样耀眼的红叶!不是黄栌,黄栌的红较暗;不是枫树,枫叶的红较深。这红叶着了雨,远看鲜亮极了,近看时,是对称的长形叶子,地下也有不少,成了薄薄一层红毡。在小片鲜红和高大的金屏障之间,还有深浅不同的绿,深浅不同的褐、棕等丰富的颜色环抱着澄明的秋水。冷冷的几滴秋雨,更给整个景色添了几分朦胧,似乎除了眼前一切,还有别的蕴藏。

这是我要寻的秋的韵致了么?秋天是有成绩的人生,绚烂多彩而肃穆庄严,似朦胧而实清明,充满了大彻大悟的味道。

秋去冬来之时,意外地收到一份讣告,是父亲的一位哲学友人故去了。讣告上除生卒年月外,只有一首遗诗。译出来是这等模样:

> 不要推却友爱
> 不要延迟欢乐
> 现在不悟

便永迷惑

在这里

一切都有了着落

我要寻找的秋韵,原来便在现在,在这里,在心头。

## 秋日小札

◎张秀亚

菁菁,你浣衣古潭,水面生凉,我看见你的影子在水面颤抖了。而当你归去,独木桥上,月明如霜,正是一个银色的夜,残荷上的水珠滑落了,一切静寂,过路的只有微风同你,更不闻青蛙跳水的音响。

秋天来了,它随着牵牛花的残朵,嵌进了竹编的门同小窗子,于是,秋意满了屋子,连回忆也凝结了,还有梦。但是,你晶亮的眸子可也注意到丝瓜的藤蔓么?皎黄的花似乎开得美了,是否慵懒的秋阳,忘记了收去它这一件衣裳?在那下面,一条可爱的小丝瓜,翠蛇似的在悄悄蜿蜒了,秋天使你感伤吗?孩子,秋天也在安慰你,你可感到它的丰富?

如果春天是珠圆玉润的小诗,夏日是管弦嘈切的歌剧,而秋天则是一篇优美的神话,富于想象,更富于色彩。你不觉得它像一个乡村美人(village beauty)么?乍得了远亲姨祖母的首饰箱,遂天真地在人前尽量炫弄了,树上缀满了明月珰似的小果子,而那紫水晶似的葡萄珠,把枝子都压弯了。我不禁想起了一个诗人的名句:"枝柯似不胜负荷,乃卸它的重载于喜鹊的喙内。"秋天是豪华、慷慨的,它给予,唯恐其不多,唯恐其不够。如果说春天像一个恋人,秋天不是更像一个母亲么?菁菁,是不是呢?

我爱秋天,在那淡淡的云影天光里,我似乎找到了我自己。当我在古城的时候(那已是几年前的秋天了),我常常划着一只小游船,来到无人多风的桥洞下,我捡起那一截玲珑的竹子,将无限的忧思消散于长风短笛之中,于是我心上的重量消失了。记得有一晚,我泊舟湖边,上岸寻诗,一切静寂,只听得水鸟扑飞。我曾口占过一首小诗,也许你会喜欢(也许你只能领略一半,那也好),我把它为你写在这儿:

　　今夜我泛舟湖上,
　　水上是一片凄迷,
　　只有零落几点白露,
　　悄悄地沾湿了人衣。
　　为了寻觅诗句,
　　我系住了小船,
　　萤虫指引我前路,
　　微月如一片淡烟。

　　山径是如此清冷,
　　林木间虫声细碎,
　　何处飘来了一丝淡香,
　　可是夏日忘记的一朵蔷薇?

菁菁,你这幸福的岛上采茶的小姑娘,你不要笑我,说着,说着,又引起我的乡愁了。我故乡中的秋天,秋天里的故乡,比我那平凡的诗句美多了。

我常常记起我临行的时候,故乡的一位朋友对我含泪而语:

"当秋天的太阳斜在日晷仪上,我乃为你这归来的人,采撷新熟的枣子。"

自从我离去,那些株枣树,曾几次成熟了,每个秋天,当露水落下来的时候,泪水湿透了我的襟袖,在泪光中,我似乎又看到了故乡的湖水,湖边我常坐的青石,石边更有那凌乱的菖蒲,如同古英雄锈了的青剑……还有那微睡的鹭鸶,在秋月下,白得如此玲珑……

秋渐渐地深了,我一任乡梦撒上我的眼帘,我梦见湖水边我那白色的小房子,我的那些书卷同画册,我坐过的那把紫色的椅子,还有那一架小风琴,琴旁扔着那拜尔琴谱,上面印满了我昔年的指痕……惊悸于海风的沁凉,我茫然地又醒来了,是的,秋色将一天天地深了,时光将带着我们走入冬天,也走入春天。

当春天的百灵鸟吐出第一声歌唱时,那将是胜利的时光,快乐的日子,我要回到故乡去,坐在那小白房子前,享受荼蘼架下温暖的阳光。菁菁,不要感伤吧,那时候,你将随我去,带着你手摘的宝岛上一箩新茶。我希望荼蘼架下有你,梳理着你那浓密如常春藤的柔发。

菁菁,微笑吧,这是秋天,这是秋天里的春天。让我们把春天的远景,嵌在秋日的窗口。

# 没有秋虫的地方

◎叶绍钧

阶前看不见一茎绿草,窗外望不见一只蝴蝶,谁说是鹁鸪箱里的生活,鹁鸪未必这样趣味干燥呢。秋天来了,记忆就轻轻提示道:"凄凄切切的秋虫又要响起来了。"可是一点影响也没有,邻舍儿啼人闹弦歌杂作的深夜,街上轮震石响邪许并起的清晨,无论你靠着枕儿听,凭着窗沿听,甚至贴着墙角听,总听不到一丝的秋虫的声息。并不是被那些欢乐的劳困的宏大的清亮的声音淹没了,以致听不出来,乃是这里本没有秋虫这东西。啊,不容留秋虫的地方!秋虫所不屑居留的地方!

若是在鄙野的乡间,这时令满耳朵是虫声了。白天与夜间一样地安闲;一切人物或动或静,都有自得之趣;嫩暖的阳光或者轻淡的云影覆盖在场上,到夜呢,明耀的星月或者徐缓的凉风看守着整夜,在这境界这时间唯一的足以感动心情的就是秋虫的合奏。它们高低宏细疾徐作歌,仿佛曾经过乐师的精心训练,所以这样地无可批评,踌躇满志。其实它们每一个都是神妙的乐师;众妙毕集,各抒灵趣,哪有不成人间绝响的呢。

虽然这些虫声会引起劳人的感叹,秋士的伤怀,独客的微喟,思妇的低泣;但是这正是无上的美的境界,绝好的自然诗篇,不独是旁人最欢喜吟味的,就是当境者也感受一种酸酸

麻麻的味道,这种味道在一方面是非常隽永的。

  大概我们所蕲求的不在于某种味道,只要时时有点儿味道尝尝,就自诩为生活不空虚了。假若这味道是甜美的,我们固然含着笑意来体味它;若是酸苦的,我们也要皱着眉头来辨尝它:这总比淡漠无味胜过百倍。我们以为最难堪而亟欲逃避的,唯有这一个淡漠无味!

  所以心如槁木不如工愁多感,迷蒙的醒不如热烈的梦,一口苦水胜于一盏白汤,一场痛哭胜于哀乐两忘。但这里并不是说愉快乐观是要不得的,清健的醒是不须求的,甜汤是罪恶的,狂笑是魔道的;这里只是说有味总比淡漠远胜罢了。

  所以虫声终于是足系恋念的东西。又况劳人秋士独客思妇以外还有无量数的人,他们当然也是酷嗜味道的,当这凉意微逗的时候,谁能不忆起那美妙的秋之音乐?

  可是没有,绝对没有!井底似的庭院,铅色的水门汀地,秋虫早已避去唯恐不速了。而我们没有它们的翅膀与大腿,不能飞又不能跳,还是死守在这里。想到"井底"与"铅色",觉得象征的意味丰富极了。

1923 年 8 月 31 日作

# 栗和柿

◎施蛰存

南寨是长汀郊外的一个大树林,但自从大学迁到这里来之后,它便成为一个公园了。我们很不容易使僻陋的山城里所有的一切变成为都会里所有的。例如油灯,不可能改成电灯,条凳不可能改做沙发,但把一个树林改成公园却是最容易的事。虽说如此,这公园里还没有一个长椅足以供给我们闲坐。城里原来有两个公园,那里倒尽有几个长椅,甚至还有亭子,但我们宁愿喜欢这个没有坐处的树林。我们每天下午,当然是说晴和日子,总到那里去散步。既说是散步,长椅就不在我们的希望中了。何况,倘若真需要坐下来的话,草地上固然也使得,向乡下人家借一个条凳也并不为难。

我到这个小城里的第三天,就成为日常到那里去散步的许多人中间之一。也许,现在我已成为去得最勤的一个了。这个季节,应当是最适宜于我们去散步的季节了。虽然在冬尾春初或许将更适宜些。因为这是一个绵延四五里,横亘一二里的柿栗梅三种树的果树林。那里的树,差不多可以说只有这三种,若说有第四种树木的话,那是指的少许几株桐子树,而这是稀少得往往被人们所忽略的。

栗与柿是同一季节的果木,秋风一起,它们的果实就开始硕大起来了。栗子成熟得早一些,柿子的成熟期却可以参差

到两个月以上,因此,由于它们的合作,使我们整个秋季的散步不觉得太寂寞了。当我最初看见树上一团团毛茸茸的栗球,不禁想起了杭州西湖的满觉陇,它给与我们的愉快是那些金黄色的,有酒味的花。不知谁有那么值得赞美的理想,在那山谷中栽满了这两种植物,使我们同时享受色香味三种官能的幸福。从这一方面想起来,我感到第一个栽种栗柿而遗忘了桂树的长汀人,确是相形见绌了。

栗子成熟的时候,它那长满了刚鬣的外皮自己会得裂开。但它的主人却不等到这时候,就把它取下来了。那是怕鸟雀和松鼠会趁它破裂的时候偷吃去。人们取栗子的方法是先用长竹竿打它下地,然后用一个长柄的竹钳子来夹起扔进一个大竹箩里去。这样,它虽然有可怕的刺毛,也无法逃免它的末劫了。我每天看见老妇人在仰面乱打那些结满了果实的树枝,而许多小孩子在抓着一个与他们的身子一样长的竹钳子奔走拣拾的时候,又不禁会忆起古诗"八月扑栗"的句子,这个扑字,真是体物会心而搜索出来的。

这几天,树上的栗子差不多完了,但市上却还在一批一批地出来。这是因为近年来外销不畅,而这又是一种可以久藏的干果。但是,抱歉得很,除了把它买来煮猪肉当菜吃之外,我却不很喜欢吃栗子。至于柿子呢,虽然从前也不很喜欢它,现在却非常欣赏它了。我发现我对于果物的嗜好,是与它的颜色或香味有关系的。栗子就因为特别缺乏于这两个条件,所以始终被我摈斥了。这里,你也许会问我:柿子并不是近来才变成美丽的红色的,何以你到如今才嗜爱它呢?是的,这必须待我申述理由。原来我对于柿树的趣味,确是新近才浓厚起来。记得幼小的时候,在我们家的门前有一个荒废了的花园。那园里有一个小池塘,池塘旁边有一株大柿树。这是我所记得的平生看到的第一株柿树。不幸那柿树每年总结不到几十个果实,虽然叶子长得很浓密。到了柿叶落尽的时候,树上再也看不见有什么柿子,于是在我的知识中,向来以为秋深时的柿树,也像其他早凋的树木一样,光光的只剩了空枝。

现在,我才知道不然。柿树原来是秋天最美的树。因为柿子殷红的时候,柿叶就开始被西风吹落了。柿叶落尽以后,挂满树枝的柿子就显露出它们的美丽来了。而且,这里的柿树的生殖力又那么强,在每一株树上,我们至少可以数到三百个柿子,倘若我们真有这股呆劲,愿意仔细去数一数的话。于是,你试想,每一株树上挂着三百盏朱红的小纱灯,而这树是绵延四五里不断的,在秋天的斜阳里,这该是多么美丽的风景啊!我承认,我现在开始爱吃柿子了。

但其理由并不是因为我发现了它有什么美味——事实上,曾经有许多柿子欺骗了我,使我的舌头涩了好久,——而是因为我常常高兴在玩赏它的时候憧憬着那秋风中万盏红灯的光景。俞平伯先生有过一联诗句:

> 遥灯出树明如柿,
> 倦桨投波蜜似饧。

这上句我从前曾觉得有意思,但只是因为他把遥灯比做柿一般的明而已。至于"出树"这两字的意思,却直到现在才捉摸到。可是一捉摸到之后,就觉得他把灯比之为柿,不如让我们把柿比之为灯更有些风趣了。

当这成千累万的小红纱灯在秋风中一盏一盏地熄灭掉,直到最后一盏也消逝了的时候,人们也许会停止到那里去散

步了。于是天天刮着北风,雨季侵袭我们了。在整天的寒雨中,那些梅树会得首先感觉到春意,绽放一朵朵小小的白花。我怀疑梅花开的时候,是否能使我觉得这个公园比柿子结实的时候更为美丽?因为我仿佛觉得梅树是栽得最少的一种。但一个已在这公园中散步了三年的同事告诉我,并且给我担保,梅树的确比栗树和柿树更多。他说:"当梅花盛开的时候,你不会看见柿树了,正如你在此刻不看见梅树一样。至于栗树呢,即使当它结实的时候,也惟有从山上,或最好是飞机上,才看得出来。"

既然人人都说这公园里的梅花是一个大观,当然我应该被说服了。好在距离梅花的季节也不远了,关于那时候的景色,我必须等亲自经验过后才敢描写。不过,使我奇怪的是,本地人仿佛并不看重他们的梅花。他们的观念跟我们不同。我们在一提起梅树的时候,首先就想到梅花,或者更从"疏影横斜水清浅"这诗句,连想到林和靖、孤山、放鹤亭,等等;而他们所想到的却是梅子。我们直觉地把栗与柿当做果树,而把梅当做花树。他们却把这三者一例看待。我想,即使柿与栗都能长出美艳的花来,也不至于改变了他们的观念。因为花与他们的生活没有关系。一个摘柿子的妇人曾经对我说,明年是梅子的熟年,市上将有很好的糖霜梅和盐梅。她并且邀我明年去买她的梅子,但是她始终没有邀我在新年里去看梅花。多么现实的老百姓啊!

# 红叶

◎倪贻德

重阳节前后的那几天,可说是秋天的精神发挥得最充分的时候。倘若不相信这句话,你不妨到野外去走一趟看看,最好是到那丘陵起伏的高旷之地,又还须骑一匹蹄声得得的驴子,那末你就可以在驴背上看见缓缓地从你两旁经过的秋山野景。知道大自然是如何地在那里表现着庄严灿烂的精神,又如何地在那里发挥着崇高悠远的诗意了。

如今佳节又近了重阳,寥廓的天空,只是那般蔚蓝一碧,灿烂的骄阳,想已把青青的郊原,晒成一片锦乡的华毯;葱郁的林木,染为几丛灼嫩的红叶了罢。紫金山麓,灵谷寺前,正是秋色方酣的时候。当这样的佳景,这样的令节,我们应当怎样地去遨游寻乐,才不致辜负这大自然赐给与我们的幸福呢!

于是我们又踏过断碣残垣的明故宫,走出了午朝门,在城脚下一个驴夫那里雇了几匹驴子,蹄蹄地直向前面山道中进行。山道是迂回曲折,高低起伏,驴儿也跟了它一蹬一颠地缓步,或左或右地前进。

在驴背上一路地贪看着荒山野景,饱尝了许多从前所未曾接触过的清新的美点来,这美点倘若要精细地描写出来,抽象的文字恐怕还嫌不足,最好是用具象的绘画,或者可以更直接更真确些。哦哦,这秋阳中倾斜的山坡,山坡上铺满着不知

名的野花——那五色斑烂的野花,远远的一角城墙,城墙上的天空,天空中流荡着的白云,这不是一幅极好的风景画的题材吗?哦哦,这几间古旧的茅舍,茅舍旁有垂着苍黄头颅的向日葵,茅舍前有半开半掩的年久的柴扉,柴扉前立着一个孩子,他抱了一束薪,在那里对我们呆看的神情,那又好像在什么地方的一张名画里看见过的样子。哦哦,这一带疏林枫叶,枫叶经了秋阳的薰染,经了秋风的吹拂,也有红的了,红得如玛瑙般地鲜明;也有黄的了,黄得如油菜花般地娇艳;也还有绿的,那仿佛还在长夏时一般地滴翠;后面有红墙古屋的衬托,上面有蓝天的掩映!……这又好像是我的一个好友曾经在哪里表现过的一幅画境……

我这样地在驴背上默默地看着想着,其余的几个朋友也都默默,这空山之中,除开得得的蹄声,也没有鸟唱,也没有虫鸣,也没有人语,大概这时候,大家受了大自然的引诱,都不知不觉地为它伟大的力量所慑伏了。总之,我们好像已经不是现实的人,而变成了山水画中点缀的人物了。

游兴还是很浓的,太阳却缓缓地打斜了,影子也渐渐地修长起来,一切的景物自然更增长了她们的华丽灿烂。然而这无限好的黄昏,偏又在催游人归去。归途,随处拾着红叶,摘着野花,笑看那斜阳中的樵牧,那种快乐的遭遇,真使我有终老是乡,不愿再返尘世的感想了。

# 以虫鸣秋

◎唐弢

一年四季,我现在喜欢的是春天。

说是现在,因为这是近来才有的感觉。年纪过了三十,却忽然喜欢春天,喜欢红色,喜欢和二十岁以下的青少年打交道,究竟是生命的活力突然转强,抑是预感衰退,遂不免起了依恋之情呢?我自己也无法回答。不过,倘在十几年前,或者溯而上之,倘在二十年前,情形就和眼前的不一样。尽管年轻好弄,跳跳蹦蹦,脱不了孩子的脾气,但以季节而论,我爱的却是雁来以后的秋天。

我爱秋天的淡泊和明远。

十几年前,那时候我在一个中学校里念书,每周只上五天课,两天半是中文,两天半是英文。课余多暇,自己就学些做诗填词之类的勾当。诗词,按照中国的老例,是必须从多读入手的,因此也翻翻前人的集子,希望从那里得到些许的影响。"采菊东篱下,悠然见南山",这是闲适;"西风残照,汉家陵阙",这是苍凉;"昨夜西风凋碧树,独上高楼,望尽天涯路",这是悒郁和惆怅。童稚何知,然而面临萧索,想起来也不免为之惘然。中国的诗人对于这点是特别敏感的,我虽然三不像——学稼、学贾、学书都不够格,每逢提笔,却也无法抵御秋意的来袭。

诗词,它让我看到春青背后的红叶。

不过我的真正爱好秋天,却远在能读这些诗词之前,少说也该有二十个年头了。那时候,天地似乎比现在阔大,山河似乎比现在年轻,而生活,当然也比现在有意义——即使是最小的虫蚁吧,我也觉得十分可亲,它们仿佛都能说话,用的是一种歌唱的调子。说得最为悦耳的自然是秋虫。

我因此渴望着西风的起来。

炎夏向尽,梧桐已开始落叶,街头树间,时而传来一阵刺耳的繁音,"知了,知了",叫声较为噪厉的是蜘蟟,"乌有,乌有"的是螗蜩。中国的文人是最喜欢代人立言的,有时候也代物——著名的如禽言,并且还及于昆虫。刘同人《帝京景物略》里说:"三伏鸣者,声躁以急,如曰伏天伏天;入秋而凉,鸣则凄短,如曰秋凉秋凉。"他以为蝉蜩呼候,所叫的常是当前的时令。这和《灵物志》里说在荒荽下种的时候,农夫们欲使抽芽,必须口说秽语一样,全是以人拟物的幻想,说来荒谬,却也颇饶一点风土的趣味。

蜘蟟身长寸许,螗蜩背作绿色,双翅一律透明,这两种,我们乡下都没有。蝉类种色繁多,我在年轻时常见的是叫做蚱蜢的一种,它没有蜘蟟的长大,又不及螗蜩的美丽,只有叫声较为清越。不过一捉到笼里,也就默尔而息,再不发些许的声响,第二天随即僵死了。我同情沉默,却又以它的决不再鸣为可惜。

为什么呢?

我自己也有点回答不上来。

以彼时的年龄而论,大概总不会有什么牵涉国家大事的社会观念,却以为倔强是可爱的,因此也不想再去触犯它,遂使翻瓦砾的时间多过于拿竹竿。农民的血统让人和泥土接近,天堂于我生疏,我所追求的乃是人间的坚实。

于是就开始翻瓦砾,多半是在屋后的安园里。安园,隔着一条小河,离开村子约摸几百步,是一所荒芜的坟场。促织①就在那里栖息着。拨开断砖,往往可以看到一对小虫惊惶地在躲避,有时逃到野草根边去。就以往的经验而论,这十九是徒然的,它们逃不过人类的眼睛,也跳不出人类的手掌,到最后,只能受人豢养,迁入瓦盆,又进而以为这是自己的值得骄傲的天地,得意忘形,渐渐地失去本性了。

一经挑拨,此后便乐于斗噬起来。

我蓄促织,往常是因为它能鸣,并非因为它能斗,所以"别种"如油葫芦、小油蛉之类,行家弃诸不顾,我也加以延揽,一样地放入匣内,饲以雪白的米饭。就农民的习俗说,这是有点浪费的。不过我毕竟还是孩子,能够借此自娱,即已不计其他。若是腰缠十万,那就一定去豢养文人,听他满口"我公",或者在笔头上装腔作势,似惊似喜②。也许这点便是人虫之辨吧——花样着实多着哩。

可惜我还没有这样的财势,也不爱类似的花样,因而所养的只限于促织。油葫芦俗名老油丁,身体比普通的蟋蟀为大,小油蛉却又特别小,几乎和唧蛉子差不多。别以老小,正是因为两者的形状相像,而大小却又悬殊的缘故。油丁比油蛉易得,贵之贱之,此中若有区别,不过以论鸣声,我是宁取前者的。

——唧令令,唧令令!

---

① 蟋蟀的别名,北方叫蛐蛐儿。
② 当时周佛海身边有一批文人,经常诗酒雅集,阿谀逢迎,对周口称"我公",还曾作文在刊物上宣扬。

几乎就是金属的声音。

和油葫芦一样,因繁生而不被重视的,还有一种栖息在乱草、灌木或者豆荚地里的螽斯,《诗经》里所谓"喓喓草虫",指的就是它。螽斯色绿,易受草梗树叶的保护,鸣声又相当轻微,骤然看去,简直就像贼害禾稻的蚱蜢;但在博物学上,它们是并不同科的,我从前喜欢分得很清楚。直等读了法布尔的书籍,才悟到这是人的意见,倘在蚱蜢它们,就不作如是想,它可以辩白本身并非蚱蜢,或者进一步说螽斯倒是蚱蜢的。现在是连两脚直立的东西,当"内疚神明",无法自解的时候,也学会这样的口吻了,听:

——太阳底下,彼此是不会距离得过远的呀①!

看他说得何等嘴响啊!

在这点上,我大概还不能成为法布尔的信徒,无法忘却做人的立场。我以为生存向背,即在同类之间,也还划着鸿沟,决难用文字或语言来填平的。物我齐观是一个幻想。挂上口头,就不免成为诡言。以血肉为布施自然是无可非议的,但切忌去喂养癞皮狗。

我主张精密的分辨和选择。

螽斯而外,较为常见的鸣虫是络纬。络纬也即莎鸡,俗名纺织娘,我们乡下则叫做缫线虫,以其鸣声酷肖纺纱的缘故。络纬昼伏夜鸣,要捕捉,必须等它振羽发声的时候。我常和小朋友一道,提着灯笼,赶往两里外的竹园去。乡间的晚上是阒寂的,走夜路不免有几分心悸,自己也听得出脚步的急迫,烛

---

① 这是某一附逆文人为自己遮丑的话,意思是别人也不见得比他高明。

影摇动光波,像水晕一样在黑暗里浮荡。一转出村子,耳边像听到远处的"闹场锣鼓①"一样,络纬的鸣声突然震响起来,原来前面已经是竹园了。

——轻些,别做声!

有人低低地照会我,我们便蹑手蹑脚地跑近去。一见到篝火,满园叫得更起劲了,每次可以捉到好几只。而每年又总有一回这样的经验。

现在,季节到了秋天,春华老去,我自己也逼近中年。络纬在邻家的园囿里振羽,静夜远听,真使人有梦回空山身在何地的感觉。清人龚定庵诗云:"狂胪文献耗中年,亦是今生后起缘,猛忆儿时心力异,一灯红接混茫前。"往事在心头浮现。此时此地,大概谁都有点怆然,觉得难以遣此的吧。

我不能忘情于已逝的童年。

以大体论,我所致慨的只是时间,不是时代,所以我还挚爱我的春天。感到泽水在后,对眼前的光景又深致流连,这心情近于没落②,我是不能不表示怀疑的。如果这些话所挑逗起来的只是脸上的忿怒,而不是心底的惭愧,那我还能说些什么呢?

我希望世人真有精神升华的事情。

1944 年 10 月 5 日

---

① 社戏开场的时候,先打一通锣鼓,即开场锣鼓,我们家乡叫"闹场锣鼓"。

② 泽水在后,来日可虑。当时周作人曾这样说。

## 失群的红叶

◎柯灵

该有两个多月了,那时霜华初降,梧桐还未落净。一个孩子到我房里来,手里握着一束红叶,临走时送了我两片,还告诉我这是从龙山上五中师范的后园里采来的。

我欣然,把红叶托在手心,细细地鉴赏。这是一种枫类植物,叶子像玲珑的手掌,分成七瓣,纤细的叶茎,匀称的脉络,叶缘有整齐的锯齿,精致得像最细致的工笔画。颜色似殷似赭,红得惹人怜爱。我把玩许久,珍重地放在书桌上的白瓷小盘中,聊当案头清供。

过不了几天,红叶褪了色,不经意地萎谢了。我怅然,这么美的东西,不想生命这样短促,真的是"世间好物不坚牢,琉璃易破彩云散"?我若有所失,心里虚飘飘的没有着落。于是我爬上龙山,跑到五中师范后园。园在半山,视野宽旷,园里百卉零落,秋意沁人。在山坡高处,找到了那棵红树,只见它独立擎天,满树离离,喷朱喧赤,似要烧起漫山的野火,在满眼萧索中,特别引人注目。但树根四周,也飘落了不少叶子。我徘徊树下,流连忘返,最后拾了许多落叶回来,仔细地夹在书本里。

三天以后,我翻书检点,叶子还是枯了,失却了光泽,但不曾皱缩,比那白瓷盘里憔悴支离的一双好得多。我忽发遐想,试图以人力挽回自然,找来水彩颜料,在失色的红叶上涂抹了一层浓浓的胭脂,乍一看去,居然红艳如生,能够以假乱真了。我索性妄想巧夺天工,在玻璃窗上贴上淡青透明的绸纹纸,再把落叶参差错落地粘在纸上,构成一幅当窗迎风纷披的幻境。我怡然,坐在窗前,不觉一时莞尔自得。

从此窗上的红叶,成了我朝夕相亲的伴侣。每天清早,醒来撩开帐子,只见晨光熹微,这些红叶的剪影,就会投入我惺忪的双眼,向我道早安。有时深夜凄清,从外面奔波回来,满屋静悄无声,却有那晕黄的灯光,把红叶的素影投射窗外,似对我含笑相迎,我亲切地进了屋,如倦鸟归林,打叠起浮浪的心情,恬然上床寻梦。

而今风雪连天,早到了凛冽的严冬。有一天黄昏,我兀坐窗前,面对伴我岑寂的红叶,忽然想起那后园的红树,便信步走去,作即兴的拜访。谁知那如火如荼、盛极一时的树冠,已经凋零殆尽,只剩得空枝濯濯,横斜地对着沉闷的寒空。树根四周,都是萎黄的枯草,落叶已片影无存。只是近处有一堆雪白的寒灰,其中留着残红点点,是些未烬的碎叶。想是园丁把落叶扫到一处,点把火烧了,好待来年化作春泥,给那峥嵘的老红树添点肥料。

回到屋里,依然在窗前兀坐,对着窗上的红叶,我惘然。如果红叶有知,听到同伴的消息,想到自己的遭遇,它们对我是抱怨,还是感激?它们既从土里来,自应回到土里去,它们偶然地失群,装饰了我这陋室的小窗,该是它们的不幸,至少是委屈。——我终于感到歉然。

# 晚秋植物记

◎孙犁

## 白蜡树

庭院平台下,有五株白蜡树,五十年代街道搞绿化所植,已有碗口粗。每值晚秋,黄叶飘落,日扫数次不断。余门前一株为雌性,结实如豆荚,因此消耗精力多,其叶黄最早,飘落亦最早,每日早起,几可没足。清扫落叶,为一定之晨课,已三十余年。幼年时,农村练武术者,所持之棍棒,称做白蜡杆,即用此树枝干做成。然眼前树枝颇不直,想用火烤制过。如此,则此树又与历史兵器有关。揭竿而起,殆即此物。

## 石榴

前数年买石榴一株,植于瓦盆中。树渐大而盆不易,头重脚轻,每遇风,常常倾倒,盆已有裂纹数处,然尚未碎也。今年左右系以绳索,使之不倾斜。所结果实为酸性,年老不能食,故亦不甚重之。去年结果多,今年休息,只结一小果,南向,得阳光独厚。其色如琥珀珊瑚,晶莹可爱。昨日剪下,置于橱上，以为观赏之资。

## 丝瓜

我好秋声，每年买蝈蝈一只，挂于纱窗之上，以其鸣叫，能引乡思。每日清晨，赴后院陆家采丝瓜花数枚，以为饲料。今年心绪不宁，未购养。一日步至后院，见陆家丝瓜花，甚为繁茂，地下萎花亦甚多。主人问何以今年未见来采，我心有所凄凄。陆，女同志，与余同从冀中区进城，亦同时住进此院，今皆衰老，而有旧日感情。

## 瓜蒌

原为一家一户之庭院，解放后，分给众家众户。这是革命之必然结果。原有之花木山石，破坏糟蹋完毕，乃各占地盘，经营自己之小房屋、小菜园、小花圃，使院中建筑地貌，犬牙交错，形象大变。化整为零，化公为私，盖非一处如此，到处皆然也。工人也好，干部也好，多来自农村，其生活方式，经营思想，无不带有农民习惯，所重者为土地与砖瓦，观庭院中之竞争可知。

我体弱，无力与争。房屋周围之隙地，逐渐为有劳力、有心计者所侵占。唯窗下留有尺寸之地。不甘寂寞，从街头购瓜蒌子数枚，植之。围树枝，引以绳索，当年即登蔓结果矣。

幼年时，在乡村小药铺，初见此物，延于墙壁之上，果实垂垂，甚可爱，故首先想到它。当时独家经营的新品种，同院好花卉者，也竞相种植。

东邻李家，同院中之广种博收者也。好施肥，每日清晨从厕所中掏出大粪，倾于苗圃，不以为脏。从医院要回瓜蒌秧，长势颇壮，绿化了一个方面。他种的瓜蒌，迟迟不结果，其花为白绒状，其叶亦稍不同，众人嘲笑。李家坚信不移，请看来年，而来年如故。一王姓客人过而笑曰：此非瓜蒌，乃天花粉也，药材在根部。此客号称无所不知。

　　我所植，果实逐年增多，李家仍一个不结。我甚得意，遂去破绳败枝，购置新竹竿搭成高大漂亮架子，使之向空中发展，炫耀于众。出乎意外，今年亦变为李家形状，一个果也没有结出。

　　幸有一部《本草纲目》，找出查看。好容易才查到瓜蒌条，然亦未得要领，不知其何以有变。是肥料跟不上，还是日光照射不足？是种植几年，就要改种，还是有什么剪枝技术？书上都没有记载。只是长了一些知识：瓜蒌也叫天花粉，并非两种。王客所言，也是只知其一，不知其二。

　　然我之推理，亦未必全中。阳光如旧并无新的遮蔽。肥料固然施得不多，证之李家，亦未必因此。如非修剪无术，则必是本身退化，需要再播种一次新的种子了。

　　种植几年，它对我不再是新鲜物，我对它也有些腻烦。现在既不结，明年想拔去，利用原架，改种葡萄。但书上说拔除甚不易，其根直入地下，有五六尺之深。这又不是我力所能及的了。

## 灰菜

　　庭院假山，山石被人拉去，乃变为一座垃圾山。我每日照例登临,有所凭吊。今年,因此院成为脏乱死角,街道不断督促,所属机关,才拨款一千元,雇推土机及汽车,把垃圾运走。光滑几天,不久就又砖头瓦块满地。机关原想在空地种些花木,花钱从郊区买了一车肥料,卸在大门口。除院中有心人运些到自己葡萄架下外,当晚一场大雨,全漂到马路上去了。

有一户用碎砖围了一小片地,扬上一些肥料。不知为什么没有继续经营。雨后野草丛生,其中有名灰菜者,现在长到一人多高,远望如灌木。家乡称此菜为"落绿",煮熟可作菜,余幼年所常食。其灰可浣衣,胜于其他草木灰。故又名灰菜。生命力特强,在此院房顶上,可以长到几尺高。

## 秃的梧桐

◎苏雪林

——这株梧桐,怕再也难得活了!

人们走过梧桐下,总这样惋惜地说。

这株梧桐,所生的地点,真有点奇怪,我们所住的屋子,本来分做两下给两家住的,这株梧桐,恰恰长在屋前的正中,不偏不倚,可以说是两家的分界牌。

屋前的石阶,虽仅有其一,由屋前到园外去的路却有两条,——一家走一条,梧桐生在两路的中间,清阴分盖了两家的草场,夜里下雨,潇潇渐渐打在桐叶上的雨声,诗意也两家分享。

不幸园里蚂蚁过多,梧桐的枝干,为蚁所蚀,渐渐地不坚牢了,一夜雷雨,便将它的上半截劈折,只剩下一根二丈多高的树身,立在那里,亭亭有如青玉。

春天到来,树身上居然透出许多绿叶,团团附着树端,看去好像一棵棕榈树。

谁说这株梧桐,不会再活呢?它现在长了新叶,或者更会长出新枝,不久定可以恢复从前的美阴了。

一阵风过,叶儿又被劈下来,拾起一看,叶蒂已啮断了三分之二——又是蚂蚁干的好事,哦!可恶!

但勇敢的梧桐,并不因此挫了它的志气。

蚂蚁又来了,风又起了,好容易长得掌大的叶儿又飘去了,但它不管,仍然萌新的芽,吐新的叶,整整地忙了一个春天,又整整地忙了一个夏天。

　　秋来,老柏和香橙还沉郁地绿着,别的树却都憔悴了。年近古稀的老榆,护定它青青的叶,似老年人想保存半生辛苦贮蓄的家私,但哪禁得西风如败子,日夕在耳畔絮聒?——现在它的叶儿已去得差不多,园中减了葱茏的绿意,却也添了蔚蓝的天光。爬在榆干上的薜荔,也大为喜悦,上面没有遮蔽,可以酣饮风霜了,它脸儿醉得枫叶般红,陶然自足,不管垂老破家的榆树,在它头上瑟瑟地悲叹。

　　大理菊东倒西倾,还挣扎着在荒草里开出红艳的花。牵牛的蔓,早枯萎了,但还开花呢,可是比从前纤小,冷风凉露中,泛满浅紫嫩红的小花,更觉娇美可怜。还有从前种麝香连理花和凤仙花的地里,有时也见几朵残花。秋风里,时时有玉钱蝴蝶,翩翩飞来,停在花上,好半天不动,幽情凄恋,它要僵了,它愿意僵在花儿的冷香里!

　　这时候,园里另外一株桐树,叶儿已飞去大半,秃的梧桐,自然更是一无所有,只有亭亭如青玉的干,兀立在惨淡斜阳中。

　　——这株梧桐,怕再也不得活了!

　　人们走过秃梧桐下,总是这样惋惜似的说。

　　但是,我知道明年还有春天要来。

　　明年春天仍有蚂蚁和风呢?

## 秋天的落叶

◎谢冰莹

从昨天起,我才相信现在真的是秋天了!

是上午十点钟,我下了课回到寝室,只见床上铺满了梧桐子、落叶,和由破窗门上掉下来的石灰、尘埃。风,怒号着,黄叶不断地飞了进来。

——好凉快呀!

我并不生气,要是平日看见床上这样多的灰尘,我一定要埋怨这房子太旧,粉刷的工人太糟糕,不该弄些石灰在窗户上,而且又只是薄薄的一层,晒干了老是一块块地掉下来。但我今天不埋怨房子,也不埋怨粉刷房子的工人,我只是感到愉快,因为秋天来到我的房间了!我欢迎它,轻轻地用鸡毛帚扫去了石灰和尘埃,扫出了淡黄的梧桐子,和枯萎了的不知名的落叶。

呵,原来地上铺着的叶子比床上更多,要不是有床和桌子、椅子摆着,这简直成了落叶萧萧的树林了。

站着,默默地站着,我对着晴朗的天空微微地笑了。我笑这可笑的秋已来到了大地,来到了我的房间,更来到了我心里。我要欢迎它,让猛烈的风将一切落叶,吹进我的房子,铺在我的床上,它是天涯的飘泊者,任秋风吹到哪里便落到哪里,没有归宿,没有人怜。我同情它,我爱它,落叶呀,通通飞进我的房间来吧,这是你们的归宿地,这是你们的天堂。我张开两臂等待落叶到来,我要欢迎它,更要从风那里抢过来握在手里,轻轻地抚摸它,追悼它已逝的青春,曾经被一切人赞美过、追求过、爱慕过的青春。

下午特和庄都来到我的房间。我告诉他们上午下课回来看到房子里的景象。特望着我只是笑了一笑。庄说:"多么艺术呀!你应该不讨厌。"

"自然,我喜欢落叶进来,但不高兴灰尘。"

"要这样才有意思。"庄又说,"光只落叶,未免太单调了。人生是复杂的,什么都不可缺少。"

我觉得这话也有几分对。在现社会里,到处都是灰尘,到处都是烟雾迷漫,到处都是黑沉沉地像鬼蜮一般。你不喜欢灰尘,可是它偏要掉在你的桌上、床上,有什么方法可以拒绝它呢?

我爱秋天,秋夜的月亮是格外美丽的,多情的,这些谁都知道。但我爱的除了月亮外,还有秋雨和秋风。

许多人说秋天最容易惹起人的烦恼、伤感,所以古今的词人墨客,都是在秋天大发牢骚,摇头摆尾呜呼噫嘻,舞弄笔墨。我恰恰相反,我觉得秋天是一年中最快乐最美丽的季节。无论站在气候、景象、情感各方面讲都是调和的,完美的。我爱秋,我更爱随风飘舞的秋天的落叶!

## 迟暮的花

◎何其芳

  秋天带着落叶的声音来了。早晨像露珠一样新鲜。天空发出柔和的光辉,澄清又缥缈,使人想听见一阵高飞的云雀的歌唱,正如望着碧海想看见一片白帆。夕阳是时间的翅膀,当它飞遁时有一刹那极其绚烂地展开。于是薄暮。于是我忧郁地又平静地享受着许多薄暮在臂椅里,在街上,或者在荒废的园子里。是的,现在我在荒废的园子里的一块石头上坐着,沐浴着蓝色的雾,渐渐地感到了老年的沉重。这是一个没有月色的初夜。没有游人。衰草里也没有蟋蟀的长吟。我有点儿记不清我怎么会走入这样一个境界里了。我的一双枯瘠的手扶在杖上,我的头又斜倚在手背上,仿佛倾听着黑暗,等待着一个不可知的命运在这静寂里出现。右边几步远有一木板桥。桥下的流水早已枯涸。跨过这丧失了声音的小溪是一林垂柳,在这夜的颜色里谁也描不出那一丝丝的绿了,而且我是茫然无所睹地望着他们。我的思想飘散在无边际的水波一样浮动的幽暗里。一种记忆的真实和幻想的糅合:飞着金色的萤火虫的夏夜;清凉的荷香和着浓郁的草与树叶的香气使湖边成了一个寒冷地方的热带;微笑从芦苇里吹过;树阴罩得像一把伞,在月光的雨点下遮蔽了惊怯和羞涩……但突然这些都消隐了。我的思想从无边际的幽暗里聚集起来追问着自己。我到底在想着一些什么呵？记起了一个失去了的往昔的园子吗？还是在替这荒凉的地方虚构出一些过去的繁荣，像一位神话里的人物，用莱琊琴声驱使冥顽的石头自己跳跃起来建筑载比城？当我正静静地想着而且阖上了眼睛，一种奇异的偶合发生了，在那被更深沉的夜色所淹没的柳树林里，我听见了两个幽灵或者老年人带着轻缓的脚步声走到一只游椅前坐了下去，而且，一声柔和的叹息后，开始了低弱的但尚可辨解的谈话：

　　——我早已期待着你了。当我黄昏里坐在窗前低垂着头，或者半夜里伸出手臂触到了暮年的寒冷，我便预感到你要回来了。
　　——你预感到？
　　——是的。你没有这同样的感觉吗？
　　——我有一种不断地想奔回到你手臂里的倾向。在这二十年里的任何一天，只要你一个呼唤，一个命令。但你没有。直到现在我才勇敢地背弃了你的约言，没有你的许诺也回来了，而且发现你早已期待着我了。
　　——不要说太晚了。你现在微笑得更温柔。
　　——我最悲伤的是我一点也不知道这长长的二十年你是如何度过的。
　　——带着一种凄凉的欢欣。因为当我想到你在祝福着我的每一个日子，我便觉得它并不是不能忍耐的了。但近来我很悒郁。古人云，鸟之将死，其鸣也哀，仿佛我对于人生抱着一个大的遗憾，在我没有补救之前决不能得到最后的宁静。
　　——于是你便预感到我要回来了？

——是的。不仅你现在的回来我早已预感到,在二十年前我们由初识到渐渐亲近起来后,我就被一种自己的预言缠绕着,像一片不吉祥的阴影。

——你那时并没有向我说。

——我不愿意使你也和我一样不安。

——我那时已注意到你的不安。

——但我严厉地禁止我自己的泄露。我觉得一切沉重的东西都应该由我独自担负。

——现在我们可以像谈说故事一样来谈说了。

——是的,现在我们可以像谈说故事里的人物一样来谈说我们自己了。但一开头便是多么使我们感动的故事呵。在我们还不十分熟识的时候,一个三月的夜晚,我独自郊游回来,带着寂寞的欢欣和疲倦走进我的屋子,开了灯,发现了一束开得正艳丽的黄色的连翘花在我书桌上和一片写着你亲切的语句的白纸。我带着虔诚的感谢想到你生怯的手。我用一瓶清水把它供在窗台上。以前我把自己当作一个旁观者,静静地看着一位少女为了爱情而颠倒,等待这故事的自然的开展,但这个意外的穿插却很扰乱了我,那晚上我睡得很不好。

——并且我记得你第二天清早就出门了,一直到黄昏才回来,带着奇异的微笑。

——一直到现在你还不知道我怎样度过了那一天。那是一种惊惶,对于爱情的闯入无法拒绝的惊惶。我到一个朋友家里去过了一上午。我坐在他屋子里很雄辩地谈论着许多问题,望着墙壁上的一幅名画,蓝色的波涛里一只三桅船快要沉没。我觉得我就是那只船,我徒然伸出求援的手臂和可哀怜的叫喊。快到正午时,我坚决地走出了那位朋友的家宅。在一家街头的饭馆里独自进了我的午餐。然后远远地走到郊外的一座树林里去。在那树林里我走着躺着又走着，一下午过去了，我给自己编成了一个故事。我想象在一个没有人迹的荒山深林中有一所茅舍，住着一位因为干犯神的法律而被贬谪的仙女。当她离开天国时预言之神向她说，若干年后一位年轻的神要从她茅舍前的小径上走过；假若他能用蛊惑的歌声留下了他，她就可以得救。若干年过去了。一个黄昏，她凭倚在窗前，第一次听见了使她颤悸的脚步声，使她激动地发出了歌唱。但那骄傲的脚步声踟蹰了一会儿便向前响去，消失在黑暗里了。

——这就是你给自己说的预言吗？为什么那年轻的神不被留下呢？

——假若被留下了他便要失去他永久的青春。正如那束连翘花，插在我的瓶里便成为最易凋谢的花了，几天后便飘落在地上像一些金色的足印。

——现在你还相信着永久的青春吗？

——现在我知道失去了青春人们会更温柔。

——因为青春时候人们是夸张的？

——夸张的而且残忍的。

——但并不是应该责备的。

——是的，我们并不责备青春……

倾听着这低弱的幽灵的私语，直到这个响亮的名字，青春，像回声一样弥漫在空气中，像那痴恋着纳耳斯梭的美丽的山林女神因为得不到爱的报答而憔悴，而变成了一个声响，我才从化石似的瞑坐中张开了眼睛，抬起了头。四周是无边的

寂静。树叶间没有一丝微风吹过。新月如半圈金环,和着白色小花朵似的星星嵌在深蓝色的天空里。我感到了一点寒冷。我坐着的石头已生了凉露。于是我站起来扶着手杖准备回到我的孤独的寓所去。而我刚才窃听着的那一对私语者呢,不是幽灵也不是垂暮重逢的伴侣,是我在二十年前构思了许多但终于没有完成的四幕剧里的两个人物。那时我觉得他们很难捉摸描画,在这样一个寂寥地开展在荒废的园子里的夜晚却突然出现了,因为今天下午看着墙上黄铜色的暖和的阳光,我记起了很久很久以前的一个秋天,我打开了一册我昔日嗜爱的书读了下去,突然我回复到十九岁时那样温柔而多感,当我在那里面找到了一节写在发黄的纸上的以这样两行开始的短诗:

  在你眼睛里我找到了童年的梦,
  如在秋天的园子里找到了迟暮的花……

1935 年 5 月

# 赏菊狮子林

◎周瘦鹃

节气已过小雪,而江南一带不但毫无雪意,天气还是并不太冷,连浓霜也不曾有过,菊花正开得挺好,正是举行菊展的好时刻。大型的菊展,是在狮子林举行的。凡是苏州市各园林的菊花,几乎都集中于此,大大小小数千百盆,云蒸霞蔚地蔚为大观。

一进狮子林大门,就瞧见前庭陈列着不少盆菊,五色缤纷,似乎盛妆迎客。沿着走廊北进,到了燕誉堂,堂前假山上、花坛里,都错错落落地点缀着菊花,堂上每一几、每一案,都陈列着大小方圆的陶盆、瓷盆,盆中都整整齐齐地种着细种、名种的菊花,真是形形色色,林林总总,任是丹青妙手,怕也没法儿一一描画出来。当初陶渊明所爱赏的,大概只有黄菊一种,怎能比得上我们今天的幸运,可以看到这样丰富多彩的各种名菊而大开眼界,大饱眼福呢。

这一带原是园中的建筑群,燕誉堂的后面是一个小小结构的小方厅,从后院中,走出一扇海棠式的门,就到了揖峰指柏轩,再向西进,便是旧时建筑物中仅存的所谓古五松园。每一座厅、一座轩、一座堂,都陈列着多种多样的名菊,而这些厅堂前后都有院落,都有假山,也一样用多种多样的名菊随意点缀着。这触处都是不可胜数的名菊,都是公园、拙政园、留园、

狮子林、网师园等花工们一年劳动的结晶。

揖峰指柏轩的前面,有一条狭狭的小溪,溪上架着一条弓形的石桥,桥栏上齐整地排列着好多盆黄色和浅紫色的小菊花,好像是两道锦绣的花边,形成了一条绚烂的花桥。站在轩前抬眼望去,可见一座座的奇峰,一株株的古柏,就可明了轩名揖峰指柏的含义。此外还有头角峥嵘的石笋和木化石,都是五六百年来身历兴废的古物,还是元代造园时兀立在这里的。这一带的假山迂回曲折,路复山重,要是漫不经心地随意蹓跶,就好像误入了诸葛孔明的八卦阵,迷迷糊糊地找不到出路。

荷花厅在揖峰指柏轩之西,厅前有大天棚很为爽垲,这是供游客们啜茗休憩的所在。棚临大池塘,种着各色各种荷花,入夏翠盖红裳,足供欣赏。现在荷花没有了,却可在这里赏菊;原来花工们别出心裁,在前面连绵不断的假山上,像散兵线般散放着一盆盆黄白的菊花,远远望去,倒像是秋夜散布天际的星斗一样。出厅更向西进,有一个金碧辉煌的水榭,上有蓝地金字匾额,大书"真趣"二字,并没款识,据说是清帝乾隆所写的。西去不多远,有一只石造的画舫,窗嵌五色玻璃,十分富丽;现在船舷、船头、船尾上,都密集地安放着各色小型的盆菊,形成了一只美丽的花船。沿着长廊再向西去,由假山上拾级而登,就是赏梅所在的暗香疏影楼。出楼向南,得一亭,叫做听涛亭,与荷池边的观瀑亭遥遥相对。原来这里是西部假山最高的所在,下有人造瀑布,开了机括,水从隐蔽着的水塔管中汤汤下泻,泻过湖石叠成的几叠水坝,活像山中真瀑,挂下一大匹白练来,气势磅礴,水声淘淘,边看边听,使人心腑一清;这是狮子林的又一特点,为其他园林所没有的。出亭,过短廊,入问梅阁,古诗"君自故乡来,应知故乡事;昨日绮窗前,寒梅着花未?"因阁下多梅树,就借用"问梅花开未"的意思,作为阁名。阁中桌凳,都作梅花形,窗上全是冰梅纹的格子,而又挂着"绮窗春讯"四字的横额,都是和梅花互相配合的。现在当然不用问梅花开否,但也有菊花可赏,林和靖可只得反串陶渊明了。从这里一路沿廊下去,还有双香仙馆、扇子亭、立雪亭、修竹阁等建筑物,为了这一带已没有菊花,也就不用流连了。

## 香山红叶

◎杨朔

早听说香山红叶是北京最浓最浓的秋色,能去看看,自然乐意。我去的那日,天也作美,明净高爽,好得不能再好了;人也凑巧,居然找到一位老向导。这位老向导就住在西山脚下,早年做过四十年的向导,胡子都白了,还是腰板挺直,硬朗得很。

我们先邀老向导到一家乡村小饭馆里吃饭。几盘野味,半杯麦酒,老人家的话来了,慢言慢语说:"香山这地方也没别的好处,就是高,一进山门,门槛跟玉泉山顶一样平。地势一高,气也清爽,人才爱来。春天人来踏青,夏天来消夏,到秋天——"一位同游的朋友急着问:"不知山上的红叶红了没有?"

老向导说:"还不是正时候。南面一带向阳,也该先有红的了。"

于是用完酒饭,我们请老向导领我们顺着南坡上山。好清静的去处啊。沿着石砌的山路,两旁满是古松古柏,遮天蔽日的,听说三伏天走在树荫里,也不见汗。

老向导交叠着两手搭在肚皮上,不紧不慢走在前面,总是那么慢言慢语说:"原先这地方什么也没有,后面是一片荒山,只有一家财主雇了个做活的给他种地、养猪。猪食倒在一个破石槽里,可是倒进去一点食,猪怎么吃也吃不完,那做活的觉得有点怪,放进石槽里几个铜钱,钱也拿不完,就知道这是个聚宝盆了。到算工账的时候,做活的什么也不要,单要这个石槽。一个破石槽能值几个钱?财主乐得送个人情,就给了他。石槽太重,做活的扛到山里,就扛不动了,便挖个坑埋好,怕忘了地点,又拿一棵松树和一棵柏树插在上面做记号,自己回家去找人帮着抬。谁知返回来一看,满山都是松柏树,数也数不清。"谈到这儿,老人又慨叹说:"这真是座活山啊。有山就有水,有水就有脉,有脉就有苗,难怪人家说下面埋着聚宝盆。"

这当儿,老向导早带我们走进一座挺幽雅的院子,里边有两眼泉水。石壁上刻着"双清"两个字。老人围着泉水转了转说:"我有十年不上山了,怎么有块碑不见了?我记得碑上刻的是'梦赶泉'。"接着又告诉我们一个故事,说是元朝有个皇帝来游山,倦了,睡在这儿,梦见身子坐在船上,脚下翻着波浪,醒来叫人一挖脚下,果然冒出股泉水,这就是"梦赶泉"的来历。

老向导又笑笑说:"这都是些乡村野话,我怎么听来的,怎么说,你们也不必信。"

听着这个白胡子老人絮絮叨叨谈些离奇的传说,你会觉得香山更富有迷人的神话色彩。我们不会那么煞风景,偏要说不信。只是一路上山,怎么连一片红叶也看不见?

老人说:"你先别急,一上半山亭,什么都看见了。"

我们上了半山亭,朝东一望,真是一片好景,莽莽苍苍的河北大平原就摆在眼前,烟树深处,正藏着我们的北京城。也妙,本来也算有点气魄的昆明湖,看起来只像一盆清水。万寿山、佛香阁,不过是些点缀的盆景。我们都忘了看红叶。红叶就在高山头坡上,满眼都是,半黄半红的,倒还有意思。可惜叶子伤了水,红得又不透。要是红透了,太阳一照,那颜色该有多浓。

我望着红叶,问:"这是什么树?怎么不大像枫叶?"

老向导说:"本来不是枫叶嘛。这叫红树。"就指着路边的树,说:"你看看,就是那种树。"

路边的红树叶子还没红,所以我们都没注意。我走过去摘下一片,叶子是圆的,只有叶脉上微微透出点红意。

我不觉叫:"哎呀!还香呢。"把叶子送到鼻子上闻了一闻,那叶子发出一股轻微的药香。

另一位同伴也嗅了嗅,叫:"哎呀!是香。怪不得叫香山。"

老向导也慢慢说:"真是香呢。我怎么做了四十年向导,早先就没闻见过呢?"

我的老大爷,我不十分清楚你过去的身世,但是从你脸上密密的纹路里,猜得出你是个久经风霜的人。你的心过去是苦的,你怎么能闻到红叶的香味?我也不十分清楚你今天的生活,可是你看,这么大年纪的一位老人,爬起山来不急,也不喘,好像不快,我们可总是落在后边,跟不上。有这样轻松脚步的老年人,心情也该是轻松的,还能闻不见红叶香?

老向导就在满山红叶的香里,领着我们看了"森玉笏"、"西山晴雪"、昭庙,还有别的香山风景。下山的时候,将近黄昏,一仰脸望见东边天上现出半轮上弦的白月亮,一位同伴忽然想起来,说:"今天是不是重阳?"一翻身边带的报纸,原来是重阳的第二日。我们这一次秋游,倒应了重九登高的旧俗。

也有人觉得没看见一片好红叶,未免美中不足。我却摘到一片更可贵的红叶,藏到我心里去。这不是一般的红叶,这是一片曾在人生经过风吹雨打的红叶,越到老秋,越红得可爱。不用说,我指的是那位老向导。

# 枫叶如丹

◎袁鹰

春天,绿的世界。秋天,丹的天地。

绿,是播种者的颜色,是开拓者的颜色。人们说它是希望,是青春,是生命。这是至理名言。

到夏季,绿得更浓,更深,更密。生命在充实,在丰富。生命,在蝉鸣蛙噪中翕动,在炽热的郁闷中成长,在暴风骤雨中经受考验。

于是,凉风起天末,秋天到了。万山红遍,枫叶如丹。丹,是成熟的颜色,是果实的颜色,是收获者的颜色,又是孕育着新的生命的颜色。

撒种,发芽,吐叶,开花,结实。

孕育,诞生,长大,挫折,成熟。

天地万物,人间万事,无一不贯穿这个共同的过程。而且,自然与人世,处处相通。

今年五月,曾访问澳大利亚。五月在南半球,正是深秋。草木,是金黄色的;树林,是金黄色的。

一天,在新南威尔士州青山山谷一位陶瓷美术家R先生家做客。到时天色已晚,看不清周遭景色,仿佛是一座林中木屋。次日清晨起床,整个青山全在静憩中。走到院里,迎面是株枫树,红艳艳的枫叶,挂满一树,铺满一地。

我回屋取了相机,把镜头试了又试,总觉得缺少些什么。若是画家,会描出一幅绚烂的油画。可我又不是。再望望那株枫树,竟如一位凄苦的老人在晨风中垂头无语。

这时,木屋门开了,一个八九岁的女孩蹦了出来。她是R先生的外孙女莉贝卡,他们全家的宝贝。小莉贝卡见我凝视着枫树,就跑到树下,捡起两片红叶,来回地跳跃,哼着只有她自己懂的曲调。

最初的一缕朝阳投进山谷,照到红艳艳的枫叶上,照到莉贝卡金色的头发上。就在这一刹那间,我揿动快门,留下一张自己很满意、朋友们也都喜欢的照片。后来有位澳大利亚朋友为那张照片起了个题目:秋之生命。

也就在这一刹那间,我恍然明白:枫叶如丹,也许由于有跳跃的、欢乐的生命,也许它本身正是有丰富内涵的生命,才更使人感到真、善、美,感到它的真正价值,而且感受得那么真切。北京香山红叶(是黄栌树,并非枫树),自然能使人心旷神怡;若是没有那满山流水般的游人,没有树林中鸣声上下的小鸟,也许又会使人感到寂寞了。

枫叶如丹,显示着长久的生命力。"霜叶红于二月花",经历了这个境界,才是真正的成熟,真正的美。

# 北国秋叶

◎薛尔康

柿叶、槐叶一落,京华的秋树便相继凋零了。马路上、公园里,落叶萧萧地下,稠密如雨、稠密如雪。

大自然正在死亡,并在死亡的哀痛中求得更生。行走在纷纷的落叶的雨中,你会惊心于宇宙永恒的变历。于是,刚从胸中升起的严峻的情绪很快就被落叶的情致驱逐干净。在你头顶飘洒飞扬着的落叶是彩色的,只有北国的秋叶才有这种鲜明的色彩,殷红、妃红、金色、青色、橙色,或是红黄驳杂……全不见枯槁的色泽,是秋天果实才有的颜色,同一种树叶也会呈现出各种颜色。在北京的宽阔马路上,行道树是由多种树木组成的,落叶飘摇而下,街道就被美丽的各种形状的小色块点缀着,气氛显得安谧而有生气,首都浓浓的秋意就蓦然呈现出来。要没有这些小色块的点缀,北国的深秋或许索然无味了。在北京,我偏居于东面,那里的金台路被金黄得透明的银杏叶铺满了,状如一把把小扇面,可爱得叫人不忍心踩踏;间或又有乌桕和白杨的树叶,在满地的金黄中闪跳出另一些醒目的色块。朝外大街人行道上则纷纷扬扬飘洒着槐叶和榆叶的雨,那些小叶子无论怎样落到地上,都显得自然妥帖,它们的光色与给人的瞬间印象,足以构成一幅印象主义的杰作。首都落叶时的风景,在我眼中,要比早些日子装点街头的上百

万盆鲜花更有韵致和意境。每当清扫车驶过之后,街道地光皮尽,显出深秋的萧索景象。我觉得清扫车真残酷,它把美丽的落叶视同垃圾之类,有点不近人情。

然而,落叶还在萧萧地下。那些树叶,仿佛是压满树冠的鸟群,受到了一阵风的惊扰,不约而同飞离枝梢的。只是飞去的鸟群没有它们这般安详自得罢了。我敏感的心灵听见它们在叽叽喳喳地啁啾——落叶在叙说飞翔的欣悦。与其说飞翔,尚不如说是舞蹈,时而在空中激动得瑟瑟抖动,时而又闲适得起伏飘摇,它们获得期待已久的自由,似乎它们在枝头守候至今,只是尽某种义务,而它们的色彩,是大自然偿还它们的报酬。现在,在树液即将停止运动的时日,它们可以自由自在去做点什么了。于是去亲昵行人的面颊衣襟,去装点大地,在秋风又起的时候,按着同一韵律,再次从地上轻灵地旋舞飘飞。它们毫不理会生命最美好的时刻意味着什么。它们即将化作尘泥。即便无风,树叶也会凋落,从空中直直地降落下来,如一枚沉静的果实,表现出深思熟虑的情调和超然的庄严。既然没有风,是什么力量使它们凋落下来呢,是凭自己的意志吗?我凝视着那一片片沉静地降落的树叶遐思。几个孩子在收集落叶,我也情不自禁捡起几片,叶柄柔软而呈青色,变了色的叶片依然光润水鲜,筋脉清晰,充满液汁,这是活的叶子,简直就在向你悄声细语说着一些什么。它选择生命最美好的时刻告别人世,大千世界上竟连植物也不愿使自己死得丑陋。

于是,就连许多绿叶也受了感染似的,纷纷离枝而下,加入同类的有韵的舞蹈。使我惊诧的是,在东郊一个空旷的树荫垂覆的公园内,池边垂柳尚在婆娑摇曳,满地却已压着一层青翠的落叶,如同绿色的积雪。这超越我对自然现象的理解度,这是大自然有意做出的惊世骇俗之举吗?那是白杨树宽大的叶子。我伫立在厚厚的积叶上,向白杨树仰望:满冠树叶在风中簌簌作响,透出深沉的翠色。白杨树很早就开始凋落了,可是它的叶子将坚持到最后凋尽,俨然是秋天的守护神,到所有的树木变得光秃秃的时候,才会凋落下最后的树叶,那也是绿色的。白杨树把深秋的空间,染得上下皆绿了。这位北国的伟男子既遵从无情的时序,又执拗地珍爱生命的翠色,于是造就了一种奇观。一位穿着鲜红衣裳的南方姑娘手持一束白杨树的落叶,在风旋起的绿色涡流中摄影,留下这一独特的对于秋日的回忆。这确是一张富有意味的照片,只在北国才有这样的秋情;在北国,没有枯槁得干脆的落叶。

现在,北国的落叶乔木已经凋尽,但秋叶的美丽和我所体验到的情味,使我不为它的凋落而伤感,甚至连北方秋日的肃杀劲也被冲淡了。或许正因北方秋日来得肃杀,才有落叶构成的浓郁的秋意。在我久居的温暖湿润的江南,树叶的凋零要蔓延秋冬两个季节,凋落得迟迟慢慢,显出极不情愿的情状,因而不见落叶稠密如雨的景象,落叶大都是死去的树叶,色彩也远不如北方的绚烂。而且,总有一些树叶不知倚仗什么神奇的原因,干枯发硬的还会挂在光秃秃的枝丫上,到开春叶柄下萌动新绿,才会被顶落下来。几片枯叶活画出秋冬肃杀的风景。

我爱秋叶甚于初春的新绿。

我爱北方的秋甚于南方的秋。

## 香山看叶

◎郑云云

站在幽静的山谷里,握着你的手仰头望树,不见红叶。

阳光应当在山外什么地方朗朗照着。那里游人肯定如织,红叶也应当灿烂如花。正是好秋天气,阳光和游人,谁肯辜负红叶之美?

然而还是这里好,我喜欢这无人的山谷。真要看叶,哪能在热闹的去处?树儿本是世界上最淡泊平和的物种,而我们是人类中甘愿孤独的一群。惟有在静默中的彼此凝望,你我才能互相明察各自的蜕变。

秋风吹起,很凉很凉,是第几阵秋风?想不分明。只是身上的感觉超常敏锐起来。自知我在看叶,叶亦在看我,举手投足之间,都仿佛在叶无言的包围中。其实,我是知道树的心思都在叶里了。那是树的眼睛。树木用它们望着四季轮回,望着世间万象,望着风雨晨露日升日落,望着一群又一群灰喜鹊在夕阳下归巢。当然此时此刻,也好奇地望着一个女人躲开人群,静静地伫立在它们面前。以树的年轮和沧桑,它们也一定能感知人心的柔软和脆弱。

从前,很古的时候,秋风乍起时,它们可曾有幸听过人在树下奏琴?最古的曲子当然是《高山》和《流水》了。高山有乔木,流水无知音时,伯牙一砸琴,会有无数红叶飘落成泥吗?

那琴,那被古人用木雕成的琴,年轻时便是一棵当然的树啊。当人的十指弹拨如雨,琴音流淌似水时,那是树的另一种生命形式呢,人和树,怎么就能如此相通呢?

今天再无人焚香净身,林中奏琴了。只有如潮的人群,在山外涌来涌去地观赏红叶。

人群中的红男绿女,有几人能读懂枫叶之美?

山谷中的老枫树伸开它依然绿着的手掌,每一片叶如今又成了它的手掌,成千上百的树叶令我想起大慈大悲的千手观音。然而它们不是观音,是树,所以我才能听见它们善意的调侃和嘲笑:人类是如何经受不住疼痛啊,这么年轻就失去了感动和生命的能力,只会跻身于热闹以求麻木和消解生命的疼痛,是多么愚不可及的一群!

心惊于树的嘲弄,却不得不承认骂得好!

其实,叶红叶绿,关卿何事?

明眸皓齿的我们,心已粗糙苍老;而历经沧桑的香山之枫,该是经历了多少次生命的大恸,却依然维护住青翠年轻热烈的心。岁岁之秋,红叶染山,那份生命的高贵,无法与人言说。

回回看见外貌已惨不忍睹的老树,在春天里依然我行我素地绽放出青翠绿芽,内心便感动不已。惟有树了,惟有扎根于深土的大树,才能有这般的英雄气。

而在深秋的风中缓慢旋落的红叶呢?

我想起京戏舞台上那出美艳惨烈的《霸王别姬》。身着红裳的虞姬决断地横抹一剑,便在生命的舞台上轻盈深情地旋转着,旋转着,恰似一片红叶,在命运的风中缓缓着地。但求以一己的美丽消亡,换取爱者的生之路。那一片红裳,濡湿了

古今多少英雄泪！真正是天地为之动容的永恒一幕。

接下来便是乌江自刎。至此,树们又该嗟叹人类的脆弱了。"无颜见江东父老",难道如此便有颜见虞姬之魂？李易安自可以"至今思项羽,不肯过江东"为项羽的赴死击掌赞叹,但虞姬呢,那一片红裳,算不算白白飘落在地？

我们为什么竟不如树？

山谷中,枫叶还绿着。走出山谷,不见枫,却见高坡上红艳艳一棵树。鲜红的叶,像一条条红鱼在风中游动；鲜红的果,大如握拳,在晚秋的艳阳天里一颗一颗如倒挂的金钟。蓝天下,风吹钟响,山谷口,我惊异地站立。

那是什么树？！

柿树。北方的柿树。你说。

你还说,看见树的根部了吗？一圈黑乌乌的伤痕。那是与野酸枣树嫁接时留下的伤痕。野柿树的果其实又小又硬如枣核般,北方所有的柿树,都必须经过这样的嫁接才能结出你所见到的艳如金钟般的果。

我默然。心想也只有树了,只有树才能承受生命不能承受之重。生命被腰斩的大恸,柿树可还记得分明？它以晚秋中超凡脱俗的美艳,试图向我证明什么？

我望树,树亦望我。蓝天若水,红叶如鱼。我听见有金属的音响,一阵阵穿越了山林。

# 印度洋上的秋思

◎徐志摩

　　昨夜中秋。黄昏时西天挂下一大帘的云母屏,掩住了落日的光潮,将海天一体化成暗蓝色,寂静得如黑衣尼在圣座前默祷。过了一刻,即听得船梢布篷上悉悉索索啜泣起来,低压的云夹着迷蒙雨色,将海线逼得像湖一般窄,沿边的黑影,也辨认不出是山是云,但涕泪的痕迹,却满布在空中水上。

　　又是一番秋意!那雨声在急骤之中,有零落萧疏的况味,连着阴沉的气氲,只是在我灵魂的耳畔私语道:"秋!"我原来无欢的心境,抵御不住那样温婉的浸润,也就开放了春夏间所积受的秋思,和此时外来的怨艾构合,产出一个弱的婴儿——"愁"。

　　天色早已沉黑,雨也已休止。但方才啜泣的云,还疏松地幕在天空,只露着些惨白的微光,预告明月已经装束齐整,专等开幕。同时船烟正在莽莽苍苍地吞吐,筑成一座蟒鳞的长桥,直联及西天尽处,和船轮泛出的一流翠波白沫,上下对照,留恋西来的踪迹。

　　北天云幕豁处,一颗鲜翠的明星,喜孜孜地先来问探消息,像新嫁媳的侍婢,也穿扮得遍体光艳,但新娘依然姗姗未出。

　　我小的时候,每于中秋夜,呆坐在楼窗外等看"月华"。若

然天上有云雾缭绕,我就替"亮晶晶的月亮"担忧。若然见了鱼鳞似的云彩,我的小心就欣欣怡悦,默祷着月儿快些开花,因为我常听人说只要有"瓦楞"云,就有月华;但在月光放彩以前,我母亲早已逼我去上床,所以月华只是我脑筋里一个不曾实现的想像,直到如今。

现在天上砌满了瓦楞云彩,霎时间引起了我早年许多有趣的记忆——但我的纯洁的童心,如今哪里去了!

月光有一种神秘的引力。她能使海波咆哮,她能使悲绪生潮。月下的喟息可以结聚成山,月下的情泪可以培畴百亩的畹兰,千茎的紫琳耿。我疑悲哀是人类先天的遗传,否则,何以我们儿年不知悲感的时期,有时对着一泻的清辉,也往往凄心滴泪呢?

但我今夜却不曾流泪。不是无泪可滴,也不是文明教育将我最纯洁的本能锄净,却为是感觉了神圣的悲哀,将我理解的好奇心激动,想学契古特白登来解剖这神秘的"眸冷骨累"。冷的智永远是热的情的死仇。他们不能相容的。

但在这样浪漫的月夜,要来练习冷酷的分析,似乎不近人情!所以我的心机一转,重复将锋快的智刃收起,让沉醉的情泪自然流转,听他产生什么音乐;让绻缱的诗魂漫自低回,看他寻出什么梦境。

明月正在云岩中间,周围有一圈黄色的彩晕,一阵阵的轻霭,在她面前扯过。海上几百道起伏的银沟,一齐在微叱凄其的音节,此外不受清辉的波域,在暗中愤愤涨落,不知是怨是慕。

我一面将自己一部分的情感,看入自然界的现象,一面拿着纸笔,痴望着月彩,想从她明洁的辉光里,看出今夜地面上秋思的痕迹，希冀她们在我心里，凝成高洁情绪的菁华。因为她光明的捷足，今夜遍走天涯，人间的恩怨，哪一件不经过她的慧眼呢？

　　印度的Ganges(堩奇)河边有一座小村落，村外一个榕绒密绣的湖边，生着一对情醉的男女，他们中间草地上放着一尊古铜香炉，烧着上品的水息，那温柔婉恋的烟篆，沉馥香浓的热气，便是他们爱感的象征——月光从云端里轻俯下来，在那女子胸前的珠串上，水息的烟尾上，印下一个慈吻，微哂，重复登上她的云艇，上前驶去。

　　一家别院的楼上，窗帘不曾放下，几枝肥满的桐叶正在玻璃上摇曳斗趣，月光窥见了窗内一张小蚊床上紫纱帐里，安眠着一个安琪儿似的小孩，她轻轻挨进身去，在他温软的眼睫上，嫩桃似的腮上，抚摩了一会。又将她银色的纤指，理齐了他脐圆的额发，蔼然微哂着，又回她的云海去了。

　　一个失望的诗人，坐在河边一块石头上，满面写着幽郁的神情，他爱人的倩影，在他胸中像河水似的流动，他又不能在失望的渣滓里榨出些微的甘液，他张开两手，仰着头，让大慈大悲的月光，那时正在过路，洗沐他泪腺湿肿的眼眶，他似乎感觉到清心的安慰，立即摸出一管笔，在白衣襟上写道：

　　　　月光，
　　　　你是失望儿的乳娘！

　　面海一座柴房的窗棂里，望得见屋里的内容：一张小桌上放着半块面包和几条冷肉，晚餐的剩余。窗前几上开着一本家用的《圣经》，炉架上两座点着的烛台，不住地在流泪，旁边坐着一个皱面驼腰的老妇人，两眼半闭不闭地落在伏在她膝

上悲泣的一个少妇,她的长裙散在地板上像一只大花蝶。老妇人掉头向窗外望,只见远远海涛起伏,和慈祥的月光在拥抱密吻,她叹了声气向着斜照在《圣经》上的月彩喋道:

"真绝望了!真绝望了!"

她独自在她精雅的书室里,把灯火一齐熄了,倚在窗口一架藤椅上,月光从东墙肩上斜泻下去,笼住她的全身,在花砖上幻出一个窈窕的倩影,她两根垂鬈的发梢,她微澹的媚唇,和庭前几茎高峙的玉兰花,都在静谧的月色中微颤,她和她的呼吸,吐出一股幽香,不但邻近的花草,连月儿闻了,也禁不住迷醉,她腮边天然的妙涡,已有好几日不圆满:她瘦损了。但她在想什么呢?月光,你能否将我的梦魂带去,放在离她三五尺的玉兰花枝上。

威尔斯西境一座矿床附近,有三个工人,口衔着笨重的烟斗,在月光中闲坐。他们所能想到的话都已讲完,但这异样的月彩,在他们对面的松林,左首的溪水上,平添了不可言语比说的妩媚,惟有他们工余倦极的眼珠不阖,彼此不约而同今晚较往常多抽了两斗的烟,但他们矿火薰黑,煤块擦黑的面容,表示他们心灵的薄弱,在享乐烟斗以外,虽经秋月溪声的戟刺,也不能有精美情绪之反感。等月影移西一些,他们默默地扑出了一斗灰,起身进屋,各自登床睡去。月光从屋背飘眼望进去,只见他们都已睡熟;他们即使有梦,也无非矿内矿外的景色!

月光渡过了爱尔兰海峡,爬上海尔佛林的高峰,正对着静默的红潭。潭水凝定得像一大块冰,铁青色。四围斜坦的小峰,全都满铺着蟹青和蛋白色的岩片碎石,一株矮树都没有。沿潭间有些丛草,那全体形势,正像一大青碗,现在满盛了清洁的月辉,静极了,草里不闻虫吟,水里不闻鱼跃,只有石缝里潜涧沥淅之声,继续地作响,仿佛一座大教堂里点着一星小火,益发对照出静穆宁寂的境界,月儿在铁色的潭面上,倦倚了半晌,重复拨起她的银泻,过山去了。

昨天船离了新加坡以后,方向从正东改为东北,所以前几天的船梢正对落日,此后"晚霞的工厂"渐渐移到我们船的左手来了。

昨夜吃过晚饭上甲板的时候,船右一海银波,在犀利之中涵有幽秘的彩色,凄清的表情,引起了我的凝视。那放银光的圆球正挂在你头上,如其起靠着船头仰望。她今夜并不十分鲜艳;她精圆的芳容上似乎轻笼着一层藕灰色的薄纱;轻漾着一种悲喟的音调;轻染着几痕泪化的雾霭。她并不十分鲜艳,然而她素洁温柔的光线中,犹之少女浅蓝妙眼的斜瞟;犹之春阳融解在山巅白云反映的嫩色,含有不可解的迷力,媚态,世间凡具有感觉性的人,只要承沐着她的清辉,就发生也是不可理解的反应,引起隐复的内心境界的紧张,——像琴弦一样,——人生最微妙的情绪,戟震生命所蕴藏高洁名贵创现的冲动。有时在心理状态之前,或于同时,撼动躯体的组织,使感觉血液中突起冰流之冰流,嗅神经难禁之酸辛,内藏汹涌之跳动,泪腺之骤热与润湿。那就是秋月兴起的秋思——愁。

昨晚的月色就是秋思的泉湖,岂止,直是悲哀幽骚悱怨沉郁的象征,是季候运转的伟剧中最神秘亦最自然的一幕,诗艺界最凄凉亦最微妙的一个消息。

今夜月明人尽望,不知秋思在谁家。

中国字形具有一种独一的妩媚,有几个字的结构,我看来纯是艺术家的匠心:这也是我们国粹之尤粹者之一。譬如

"秋"字,已经是一个极美的字形;"愁"字更是文字史上有数的杰作:有石开湖晕,风扫松针的妙处,这一群点画的配置,简直经过柯罗的书篆,米仡朗基罗的雕圭,Chopin 的神感;像——用一个科学的比喻——原子的结构,将旋转宇宙的大力收缩成一个无形无纵的电核;这十三笔造成的象征,似乎是宇宙和人生悲惨的现象和经验,吁喟和涕泪,所凝成最纯粹精密的结晶,满充了催迷的秘力。你若然有高蒂闲(Cautier)异超的知感性,定然可以梦到,愁字变形为秋霞黯绿色的通明宝玉,若用银槌轻击之,当吐银色的幽咽电蛇似腾入云天。

　　我并不是为寻秋意而看月,更不是为觅新愁而访秋月;蓄意沉浸于悲哀的生活,是丹德所不许的。我盖见月而感秋色,因秋窗而拈新愁:人是一簇脆弱而富于反射性的神经!

　　我重复回到现实的景色,轻裹在云锦之中的秋月,像一个遍体蒙纱的女郎,她那团圆清朗的外貌像新娘,但同时她幂弦的颜色,那是藕灰,她踟躇的行踪,掩泣的痕迹,又使人疑是送丧的丽姝。所以我曾说:

　　　　秋月呀!
　　　　我不盼望你团圆。

　　这是秋月的特色,不论她是悬在落日残照边的新镰,与"黄昏晓"竞艳的眉钩,中宵斗没西陲的金碗,星云参差间的银床,以至一轮腴满的中秋,不论盈昃高下,总在原来澄爽明秋之中,遍洒着一种我只能称之为"悲哀的轻霭",和"传愁的以太"。即使你原来无愁,见此也禁不得沾染那"灰色的音调",渐渐兴感起来!

　　　　秋月呀!

>　　谁禁得起银指尖儿
>
>　　浪漫地搔爬呀!

不信但看那一海的轻涛,可不是禁不住她玉指的抚摩,在那里低徊饮泣呢!就是那:

>　　无聊的云烟,
>
>　　秋月的美满,
>
>　　熏暖了飘心冷眼,
>
>　　也清冷地穿上了轻缟的衣裳,
>
>　　来参与这美满的婚姻和丧礼。

志摩

10 月 6 日

## 异国秋思

◎庐隐

自从我们搬到郊外以来,天气渐渐清凉了。那短篱边牵延着的毛豆叶子,已露出枯黄的颜色来,白色的小野菊,一丛丛由草堆里钻出头来,还有小朵的黄花在凉劲的秋风中抖颤,这一些景象,最容易勾起人们的秋思,况且身在异国呢! 低声吟着"帘卷西风,人比黄花瘦"之句,这个小小的灵宫,是弥漫了怅惘的情绪。

书房里格外显得清寂,那窗外蔚蓝如碧海似的青天,和淡金色的阳光,还有挟着桂花香的阵风,都含了极强烈的,挑拨人类心弦的力量,在这种刺激之下,我们不能继续那死板的读书工作了,在那一天午饭后,波便提议到附近吉祥寺去看秋景。三点多钟我们乘了市外电车前去,——这路程太近了,我们的身体刚刚坐稳便到了。走出长甬道的车站,绕过火车轨道,就看见一座高耸的木牌坊,在横额上有几个汉字写着"井之头恩赐公园"。我们走进牌坊,便见马路两旁树木葱茏,绿阴匝地,一种幽妙的意趣,萦缭脑际,我们怔怔地站在树影下,好像身入深山古林了。在那枝柯掩映中,一道金黄色的柔光正荡漾着。使我想象到一个披着金绿柔发的仙女,正赤着足,踏着白云,从这里经过的情景。再向西方看,一抹彩霞,正横在那叠翠的峰峦上,如黑点的飞鸦,穿林翩翩,我一缕的愁心真不知如何安派,我要吩咐征鸿把它带回故国吧!无奈它是那样不着迹地去了。

我们徘徊在这浓绿深翠的帷幔下,竟忘记前进了。一个身穿和服的中年男人,脚上穿着木屐,提塔提塔地来了。他向我们打量着,我们为避免他的觑视,只好加快脚步走向前去。经过这一带森林,前面有一条鹅卵石堆成的斜坡路,两旁种着整齐的冬青树,只有肩膀高,一阵阵的青草香,从微风里荡过来,我们慢步地走着,陡觉神气清爽,一尘不染。下了斜坡,面前立着一所小巧的东洋式的茶馆,里面设了几张小矮几和坐褥,两旁列着柜台,红的蜜橘,青的苹果,五色的杂糖,错杂地罗列着。

"呀!好眼熟的地方!"我不禁失声地喊了出来。于是潜藏在心底的印象,陡然一幕幕地重映出来,唉!我的心有些抖颤了。我是被一种感怀已往的情绪所激动,我的双眼怔住,胸膈间充塞着悲凉,心弦凄紧地搏动着。自然是回忆到那些曾被流年蹂躏过的往事:

"唉!往事,只是不堪回首的往事呢!"我悄悄地独自叹息着。但是我目前仍然有一幅逼真的图画再现出来……

一群骄傲于幸福的少女们,她们孕育着玫瑰色的希望,当她们将由学校毕业的那一年,曾随了她们德高望重的教师,带着欢乐的心情,渡过日本海来访蓬莱的名胜。在他们登岸的时候,正是暮春三月樱花乱飞的天气。那些缀锦点翠的花树,都是使她们乐游忘倦。她们从天色才黎明,便由东京的旅舍出发;先到上野公园看过樱花的残妆后;又换车到井之头公园来。这时疲倦袭击着她们,非立刻找个地点休息不可。最后她们发现了这个位置清幽的茶馆;便立刻决定进去吃些东西。

大家团团围着矮凳坐下,点了两壶龙井茶,和一些奇甜的东洋点心,她们吃着喝着,高声谈笑着,她们真像是才出谷的雏莺;只觉眼前的东西,件件新鲜,处处都富有生趣。当然她们是被搂在幸福之神的怀抱里了。青春的爱娇,活泼协乐的心情,她们是多么可艳羡的人生呢!

　　但是流年把一切都毁坏了!谁能相信今天在这里低徊追怀往事的我,也正是当年幸福者之一呢!哦!流年,残刻的流年呵!它带走了人间的爱娇,它蹂躏了英雄的壮志,使我站在这似曾相识的树下,只有咽泪,我有什么方法,使年光倒流呢!

　　唉!这仅是九年后的今天。呀,这短短的九年中,我走的是崎岖的世路,我攀缘过陡峭的崖壁,我由死的绝谷里逃命,使我尝着忍受由心头淌血的痛苦,命运要我喝干自己的血汁,如同喝玫瑰酒一般……

　　唉!这一切的刺心回忆,我忍不住流下辛酸的泪滴,连忙离开这容易激动感情的地方吧!我们便向前面野草漫径的小路上走去,忽然听见一阵悲恻的唏嘘声,我仿佛看见张着灰色翅翼的秋神,正躲在那厚密的枝叶背后,立时那些枝叶都息息索索地颤抖起来。草底下的秋虫,发出连续的唧唧声,我的心感到一阵阵的凄冷;不敢向前去,找到路旁一张长木凳子坐下。我用滞呆的眼光,向那一片阴阴森森的丛林里睁视,当微风分开枝柯时,我望见那小河里的潆溦碧水了。水上皱起一层波纹,一只小划子,从波纹上溜过。两个少女摇着桨,低声唱着歌儿。我看到这里,又无端感触起来,觉得喉头梗塞,不知不觉叹道:"故国不堪回首。"同时那北海的红漪清波浮现眼前,那些手携情侣的男男女女,恐怕也正摇着画桨,指点着眼前清丽秋景,低语款款吧!况且又是菊茂蟹肥时候,料想长安市上,车水马龙,正不少欢乐的宴聚;这漂泊异国,秋思凄凉的我们当然是无人想起的。不过,我们却深深地眷怀着祖国,渴望得些好消息呢!况且我们又是神经过敏的,揣想到树叶凋落的北平,凄风吹着,冷雨洒着的这些穷苦的同胞,也许正向茫茫的苍天悲诉呢!唉,破碎紊乱的祖国呵!北海的风光不能粉饰你的寒伧!来今雨轩的灯红酒绿,不能安慰忧患的人生,深深眷念着祖国的我们,这一颗因热望而颤抖的心,最后是被秋风吹冷了。

## 故都的秋

◎郁达夫

秋天,无论在什么地方的秋天,总是好的;可是啊,北国的秋,却特别地来得清,来得静,来得悲凉。我的不远千里,要从杭州赶上青岛,更要从青岛赶上北平来的理由,也不过想饱尝一尝这"秋",这故都的秋味。

江南,秋当然也是有的;但草木凋得慢,空气来得润,天的颜色显得淡,并且又时常多雨而少风;一个人夹在苏州上海杭州,或厦门香港广州的市民中间,浑浑沌沌地过去,只能感到一点点清凉,秋的味,秋的色,秋的意境与姿态,总看不饱,尝不透,赏玩不到十足。秋并不是名花,也并不是美酒,那一种半开,半醉的状态,在领略秋的过程上,是不合适的。

不逢北国之秋,已将近十余年了。在南方每年到了秋天,总要想起陶然亭的芦花,钓鱼台的柳影,西山的虫唱,玉泉的夜月,潭柘寺的钟声。在北平即使不出门去罢,就是在皇城人海之中,租人家一椽破屋来住着,早晨起来,泡一碗浓茶,向院子一坐,你也能看得到很高很高的碧绿的天色,听得到青天下驯鸽的飞声。从槐树叶底,朝东细数着一丝一丝漏下来的日光,或在破壁腰中,静对着像喇叭似的牵牛花(朝荣)的蓝朵,自然而然地也能够感觉到十分的秋意。说到了牵牛花,我以为以蓝色或白色者为佳,紫黑色次之,淡红色最下。最好,还要在牵牛花底,教长着几根疏疏落落的尖细且长的秋草,使作陪衬。

北国的槐树,也是一种能使人联想起秋来的点缀。像花而又不是花的那一种落蕊,早晨起来,会铺得满地。脚踏上去,声音也没有,气味也没有,只能感出一点点极微细极柔软的触觉。扫街的在树影下一阵扫后,灰土上留下来的一条条扫帚的丝纹,看起来既觉得细腻,又觉得清闲,潜意识下并且还觉得有点儿落寞,古人所说的梧桐一叶而天下知秋的遥想,大约也就在这些深沉的地方。

秋蝉的衰弱的残声,更是北国的特产;因为北平处处全长着树,屋子又低,所以无论在什么地方,都听得见它们的啼唱。在南方是非要上郊外或山上去才听得到的。这秋蝉的嘶叫,在北平可和蟋蟀耗子一样,简直像是家家户户都养在家里的家虫。

还有秋雨哩,北方的秋雨,也似乎比南方的下得奇,下得有味,下得更像样。

在灰沉沉的天底下,忽而来一阵凉风,便息列索落地下起雨来了。一层雨过,云渐渐地卷向了西去,天又青了,太阳又露出脸来了;著着很厚的青布单衣或夹袄的都市闲人,咬着烟管,在雨后的斜桥影里,上桥头树底下去一立,遇见熟人,便会用了缓慢悠闲的声调,微叹着互答着地说:

"唉,天可真凉了——"(这了字念得很高,拖得很长)

"可不是么?一层秋雨一层凉了!"

北方人念阵字,总老像是层字,平平仄仄起来,这念错的歧韵,倒来得正好。

北方的果树,到秋来,也是一种奇景。第一是枣子树;屋

角,墙头,茅房边上,灶房门口,它都会一株株地长大起来。像橄榄又像鸽蛋似的这枣子颗儿,在小椭圆形的细叶中间,显出淡绿微黄的颜色的时候,正是秋的全盛时期;等枣树叶落、枣子红完,西北风就要起来了,北方便是尘沙灰土的世界,只有这枣子、柿子、葡萄,成熟到八九分的七八月之交,是北国的清秋的佳日,是一年之中最好也没有的 Golden Days。

有些批评家说,中国的文人学士,尤其是诗人,都带着很浓厚的颓废色彩,所以中国的诗文里,颂赞秋的文字特别地多。但外国的诗人,又何尝不然?我虽则外国诗文念得不多,也不想开出账来,做一篇秋的诗歌散文钞,但你若去一翻英德法意等诗人的集子,或各国的诗文的 Anthology 来,总能够看到许多关于秋的歌颂与悲啼。各著名的大诗人的长篇田园诗或四季诗里,也总以关于秋的部分,写得最出色而最有味。足见有感觉的动物,有情趣的人类,对于秋,总是一样地能特别引起深沉、幽远、严厉、萧索的感触来的。不单是诗人,就是被关闭在牢狱里的囚犯,到了秋天,我想也一定会感到一种不能自已的深情;秋之于人,何尝有国别,更何尝有人种阶级的区别呢?不过在中国,文字里有一个"秋士"的成语,读本里又有着很普遍的欧阳子的《秋声赋》与苏东坡的《赤壁赋》等,就觉得中国的文人,与秋的关系特别深了。可是这秋的深味,尤其是中国的秋的深味,非要在北方,才感受得到底。

南国之秋,当然是也有它的特异的地方的,比如廿四桥的明月,钱塘江的秋潮,普陀山的凉雾,荔枝湾的残荷等等,可是色彩不浓,回味不永。比起北国的秋来,正像是黄酒之与白干,稀饭之与馍馍,鲈鱼之与大蟹,黄犬之与骆驼。

秋天,这北国的秋天,若留得住的话,我愿把寿命的三分之二折去,换得一个三分之一的零头。

1934年8月,在北平

## 济南的秋天

◎老舍

济南的秋天是诗境的。设若你的幻想中有个中古的老城,有睡着了的大城楼,有狭窄的古石路,有宽厚的石城墙,环城流着一道清溪,倒映着山影,岸上蹲着红袍绿裤的小妞儿。你的幻想中要是这么个境界,那便是个济南。设若你幻想不出——许多人是不会幻想的——请到济南来看看吧。

请你在秋天来。那城,那河,那古路,那山影,是终年给你预备着的。可是,加上济南的秋色,济南由古朴的画境转入静美的诗境中了。这个诗意秋光秋色是济南独有的。上帝把夏天的艺术赐给瑞士,把春天的赐给西湖,秋和冬的全赐给了济南。秋和冬是不好分开的,秋睡熟了一点便是冬,上帝不愿意把它忽然唤醒,所以做个整人情,连秋带冬全给了济南。

诗的境界中必须有山有水。那末,请看济南吧。那颜色不同,方向不同,高矮不同的山,在秋色中便越发地不同了。以颜色说吧,山腰中的松树是青黑的,加上秋阳的斜射,那片青黑便多出些比灰色深、比黑色浅的颜色,把旁边的黄草盖成一层灰中透黄的阴影。山脚是镶着各色绦子的,一层层的,有的黄,有的灰,有的绿,有的似乎是藕荷色儿。山顶上的色儿也随着太阳的转移而不同。山顶的颜色不同还不重要,山腰中的颜色不同才真叫人想作几句诗。山腰中的颜色是永远在那儿变动，特别是在秋天，那阳光能够忽然清凉一会儿，忽然又温暖一会儿，这个变动并不激烈，可是山上的颜色觉得出这个变化，而立刻随着变换。忽然黄色更真了一些，忽然又暗了一些，忽然像有层看不见的薄雾在那儿滚动，忽然像有股细风替"自然"调合着彩色，轻轻地抹上一层各色俱全而全是淡美的色道儿。有这样的山，再配上那蓝的天，晴暖的阳光；蓝得像要由蓝变成绿了，可又没完全绿了；晴暖得要发燥了，可是有点凉风，正像诗一样地温柔；这便是济南的秋。况且因为颜色的不同，那山的高低也更显然了。高的更高了些，低的更低了些，山的棱角曲线在晴空中更真了，更分明了，更瘦硬了。看山顶上那个塔！

　　再看水。以量说，以质说，以形式说，哪儿的水能比济南？有泉——到处是泉——有河，有湖，这是由形式上分。不管是泉是河是湖，全是那么清，全是那么甜，哎呀，济南是"自然的Sweet heart吧？大明湖夏日的莲花，城河的绿柳，自然是美好的了。可是看水，是要看秋水的。济南有秋山，又有秋水，这个秋才算个秋，因为秋神是在济南住家的。先不用说别的，只说水中的绿藻吧。那份儿绿色，除了上帝心中的绿色，恐怕没有别的东西能比拟的。这种鲜绿全借着水的清澄显露出来，好像美人借着镜子鉴赏自己的美。是的，这些绿藻是自己享受那水的甜美呢，不是为谁看的。它们知道它们那点绿的心事，它们终年在那吻着水皮，做着绿色的香梦。淘气的鸭子，用黄金的脚掌碰它们一两下。浣女的影儿，吻它们的绿叶一两下。只有这个，是它们的香甜的烦恼。羡慕死诗人呀！

　　在秋天，水和蓝天一样地清凉。天上微微有些白云，水上微微有些波皱。天水之间，全是清明，温暖的空气，带着一点

桂花的香味。山影儿也更真了。秋山秋水虚幻地吻着。山儿不动,水儿微响。那中古的老城,带着这片秋色秋声,是济南,是诗。

# 枫桥的梦

◎柯灵

到苏州的第二天午后,我们在秋雨潇潇中游了枫桥。

黄包车在冷落的郊道上走,只偶有几个撑伞的行人,低头沉默地过去。从油布的车篷前面,我凝望着那一片灰黯的低空,冷冷的雨滴随风打到我的脸上,也飘到我的心上。

靠右不远处是一道小河,隔岸零落破陋的茅舍,也杂着些古旧的瓦房。靠左一片宽广的荒场,极目尽是离离的衰草,一直展延到远处,才被一道灰褐的长墙挡住。几行衰老的垂杨兀自在雨中伫立。荒场上不时有些玄裳的乌鸦,停下来寻食;车过处,便蓦然惊起,撒下一串哇哇的鸣声,向凄迷的天野飞去。

对着这景色,我心里只是反复地吟着张继的《枫桥夜泊》——

> 月落乌啼霜满天,
> 江枫渔火对愁眠。
> 姑苏城外寒山寺,
> 夜半钟声到客船。

这诗句太熟了,我没有到过枫桥,没有游过寒山寺,却已经捕捉了枫桥的轮廓,仿佛那是个旧游之地;就连那桥下客舟的旅人心境,也曾经亲切地体味过。因为昨夜在旅舍中不经的客梦,我的心里还系着飘忽的哀愁;我们虽是闲情的游客,

但这时候我的心境,却和天涯的游子相去不远。在路上,我不住地想:带了这样凄恻的心情去访枫桥,又遇着这一天愁人的风雨,那应该是非常合适的了。

到枫桥镇时,雨小了,打开前面的车篷,感到了几分轻松。一条短短的街,街道狭隘得像小巷,人影也很少看见。想着目的地大概不久就要到达,想象中的寒山寺景色,便分外鲜明起来。

关于枫桥,我曾看过好些刺绣和绘画的《枫桥夜泊图》。我想象那枫桥高耸的弓影,流水潺潺,有一二客船在桥畔停泊;我想象那云水苍茫,烟波浩渺的一片秋江,沿江的红树,沉醉在夕阳影里。更想象着寒山寺的梵宇,矗立在丛树之间,钟楼高耸天际。——在月落乌啼的寒夜,霜风如削,江上闪烁着星星的渔火;钟声如缕,悠然从水上飘来,会叩醒舟人的客梦,唤起他在人生旅途上漂泊的悲哀。我仿佛都似曾相识,自己且俨然是客舟中独对孤灯,辗转不寐的旅人。

可是黄包车在小街上拐了个弯,不久就在河边的一座破庙门前停下来。

"先生,寒山寺到了。"

寒山寺到了?我和同行的朋友跨出车子,不觉互递了一瞥疑问的眼色。再问问车夫,他们却肯定地说是对的。

我们相将跑过三重山门,一直跑过大殿,却没有遇见一位僧人,也没有进香的善男信女。殿上是炉冷香烬,让几尊不知是什么称号的佛像,寂寞地倚在壁角;有的瞪起眼睛,似乎要向我们诉苦抱怨。

大殿后边的情景似更衰落。一间破屋里,除了满挂着流苏似的蛛网尘须,简直一无所有。屋前有一条走廊,环通到后面,我们依廊走去,希望万一再能发见一点什么。走廊是在一个荒败的院落中间,满院子的断瓦颓垣,瓦缝间的疏疏的秋草,廊上还点缀着一点人矢和兽粪伴着我们缄默的巡行,只有寒蛩鸣秋,在静中唧唧作声。

绕到后面,除了壁上一块绍兴近人陶濬宣手书"寒山寺"三个大字的横行石碑,也没有什么。退出来,到走廊的右方,钟楼紧闭着,柱上有一张六言告示,大意是说,游客如果要参观里面的大钟,可以招呼茶房引导,但是要每人缴费五分,以资开销这一类话。扬着嗓子喊了好一会,这才有人落寞地跑来开锁启门。那是小小的两层阁,没有半分钟楼的巍峨气象,钟虽然不算小,但和寒山寺的盛名是不符的。朋友用指头在钟上轻轻叩了几下,寒山寺的钟声,我们总算也听过了。

到靠右的侧厢去走了一转,也是一样废墟似的颓败;那里比较可观的,也许是许多零落的石碑,可惜我们对考古缺少涵养,也没有多大的兴味。

枫桥就在寒山寺门口,跑出寺门,在桥上站了一会,眺望着桥那边的无际的平畴,和烟雨迷蒙中的一脉青山,眼前倒开旷了许多;但假如我们要意识着自己是在登临枫桥,却又难免失望,因为从我们脚下流过的,不过是一条小河,没有半分"江"的气概。我猜想张继泊舟的处所,定然不在这个地方。那些出于画家笔墨、绣手针线的枫桥景色,只是用想象虚构的空中楼阁。再不然,《枫桥夜泊》本身就是诗人情绪的产物。

在依然是秋雨潇潇的归途中,惆怅的心里又加了一些重量。我不知道是受了古诗人的欺骗,还是受了自己的欺骗?

1935 年

## 杭江之秋

◎傅东华

从前谢灵运游山,"伐木取径,……从者数百人",以致被人疑为山贼。现在人在火车上看风景,虽不至像康乐会那样杀风景,但在那种主张策杖独步而将自己也装进去做山水人物的诗人们,总觉得这样的事情是有伤风雅的。

不过,我们如果暂时不谈风雅,那末觉得火车上看风景也有一种特别的风味。

风景本是静物,坐在火车上看就变动的了。步行的风景游览家,无论怎样把自己当做一具摇头摄影器,他的视域能有多阔呢?又无论他怎样健步,无论视察点移得怎样多,他目前的景象总不过有限几套。若在火车上看,那风景就会移步换形,供给你一套连续不断的不同景象,使你在数小时之内就能获得数百里风景的轮廓。"火车风景"(如果许我铸造一个名词的话)就是活动的影片,就是一部以自然美做题材的小说,它是有情节的,有布局的——有开场,有 Climax 也有大团圆的。

新辟的杭江铁路从去年春天通车到兰溪,我们的自然文坛就又新出版了一部这样的小说。批评家的赞美声早已传到我耳朵里,但我直到秋天才有功夫去读它。然而秋天是多么幸运的一个日子啊!我竟于无意之中得见杭江风景最美的表现。

"火车风景"是有个性的。平浦路上多黄沙,沪杭路上多殡屋。京沪路只北端稍觉雄健,其余部分也和沪杭路一样平凡。总之,这几条路给我们一个共同的印象——就是单调。它们都是差不多一个图案贯彻到底的。你在这段看是这样,换了一段看也仍是这样——一律是平畴,平畴之外就是地平线了。偶然也有一两块山替那平畴做背景,但都单调得多么寒伧啊!

秋是老的了,天又下着濛濛雨,正是读好书的时节。

从江边开行以后,我就壹志凝神地准备着——准备着尽情赏鉴一番,准备着一幅幅的画图连续映照在两边玻璃窗上。

萧山站过去了,临浦站过去了,这样差不多一个多钟头,只偶然瞥见一两点遥远的山影,大部分还是沪杭路上那种紧接地平线的平畴,我便开始有点觉得失望。于是到了尖山站,你瞧,来了——山来了。

山来了,平畴突然被山吞下去了。我们夹进了山的行列,山做我们前面的仪仗了。那是重叠的山,"自然"号里加料特制的山。你决不会感着单薄,你决不会疑心制造时减料偷工。

有时你伸出手去差不多就可摸着山壁,但是大部分地方山的倾斜都极大。你虽在两面山脚的缝里走,离开山的本峰仍旧还很远,因而使你有相当的角度可以窥见山的全形。但是哪一块山肯把她的全形给你看呢?哪一块山都和她的同伴们或者并肩,或者交臂,或者搂抱,或者叠股。有的从她伙伴们的肩膊缝里露出半个罩着面幕的容颜,有的从她姊妹行的云鬟边透出一弯轻扫淡妆的眉黛。浓妆的居于前列,随着你行程的弯曲献媚呈妍;淡妆的躲在后边,目送你忍心奔驶而

前,有若依依不舍的态度。

这样使我们左顾右盼地应接不暇了二三十分钟,这才又像日月蚀后恢复期间的状态,平畴慢慢地吐出来了。但是地平线终于不能恢复。那逐渐开展的平畴随处都有山影作镶绲;山影的浓淡就和平畴的阔狭成了反比例。有几处的平畴似乎是一望无际的,但仍有饱蘸着水的花青笔在它的边缘上轻轻一抹。

于是过了湄池,便又换了一幕。突然间,我们车上的光线失掉均衡了。突然间,有一道黑影闯入我们的右侧。急忙抬头看时,原来是一列重叠的山嶂从烟雾迷漫中慢慢地遮上前来。这一列山嶂和前段看见的那些对峙山峦又不同。它们是朦胧的,分不出它们的层叠,看不清它的轮廓,上面和天空浑无界线,下面和平地不辨根基,只如大理石里隐约透露的青纹,究不知起自何方,也难辨迄于何处。

那时我们的左侧本是一片平旷,但不知怎么一转,山嶂忽然移到左侧来,平旷忽然搬到右侧去。如是者交互着搬动了数回,便又左右都有山嶂,只不如从前那么夹紧,而左右各有一段平畴做缓冲了。

这时最奇的景象,就是左右两侧山容明暗之不一。你向左看时,山的轮廓很暧昧,向右看时,却如几何图画一般地分明。你以为这当然是"秋雨隔田塍"的现象所致,但是走过几分钟之后,暧昧和分明的方向忽然互换了,而我们却是明明按直线走的。谁能解释这种神秘呢?

到直埠了。从此神秘剧就告结束,而浓艳的中古浪漫剧开幕了。幕开之后,就见两旁竖着不断的围屏,地上铺着一条广漠的厚毯。围屏是一律浓绿色的,地毯则由黄、红、绿三种彩色构成。黄的是未割的缓稻,红的是荞麦,绿的是菜蔬。可是谁管它什么是什么呢?我们目不暇接了。这三种彩色构成了平面几何的一切图形,织成了波斯毯、荷兰毯、纬成绸、云霞缎……上一切人类所能想象的花样。且因我们自己如飞的奔驶,那三种基本色素就起了三色板的作用,在向后飞驰的过程中化成一切可能的彩色。浓艳极了,富丽极了!我们领略着文艺复兴期的荷兰的画图,我们身入了《天方夜谭》里的苏丹的宫殿。

这样使我们的口味腻得化不开了一回,于是突然又变了。那是在过了诸暨牌头站之后。以前,山势虽然重叠,虽然复杂,但只能见其深,见其远,而未尝见其奇,见其险。以前,山容无论暧昧,无论分明,总都载着厚厚一层肉,至此,山才挺出嶙峋的瘦骨来。山势也渐兀突了,不像以前那样停匀了。有的额头上怒挺出铁色的巉岩,有的半腰里横撑出骇人的刀戟。我们从它旁边擦过去,头顶的悬崖威胁着要压碎我们。就是离开稍远的山岩,也像铁罗汉般踞坐着对我们怒视。如此,我们方离了肉感的奢华,便进入幽人的绝域。

但是调剂又来了。热一阵,冷一阵,闹一阵,静一阵,终于又到不热亦不冷,不闹亦不静的郑家坞了。山还是那么兀突,但是山头偶有几株苍翠欲滴的古松,将山骨完全遮没,狰狞之势也因而减杀。于是我们于刚劲肃杀中复得领略柔和的秀气。那样的秀,那样的翠,我生平只在宋人的古画里看见过。从前见古人画中用石绿,往往疑心自然界没有这种颜色,这番看见郑家坞的松,才相信古人着色并非杜撰。

而且水也出来了。一路来我们也曾见过许多水,但都不是构成风景的因素。过了郑家坞之后,才见有曲折澄莹的山

涧山溪,随山势的迂回共同构成了旋律。杭江路的风景到郑家坞而后山水备。

于是我们转了一个弯,就要和杭江秋景最精彩的部分对面了——就要达到我们的 Climax 了。

苏溪——就是这个名字也像具有几分的魅惑,但已不属出产西施的诸暨境了。我们那个弯一转过来,眼前便见烧野火般的一阵红,——满山满坞的红,满坑满谷的红。这不是枫叶的红,乃是柏子叶的红。柏子叶的隙中又有荞麦的连篇红秆弥补着,于是一切都被一袭红锦制成的无缝天衣罩着了。

但若这幅红锦是四方形的、长方形的、菱形的、等边三角形的、不等边三角形的、圆形的、椭圆形的,或任何其他几何图形的,那就不算奇,也就不能这般有趣。因为既有定形,就有尽处,有尽处就单调了。即使你的活动的视角可使那幅红锦忽而方,忽而圆,忽而三角,忽而菱形,那也总不过那么几套,变尽也就尽了。不。这地方的奇不在这样的变,而在你觉得它变,却又不知它怎样变。这叫我怎么形容呢? 总之,你站在这个地方,你是要对几何家的本身也发生怀疑的。你如果尝试说:在某一瞬间,我前面有一条路。左手有一座山,右手有一条水。不,不对;决没有这样整齐。事实上,你前面是没有路的,最多也不过几码的路,就又被山挡住,然而你的火车仍可开过去,路自然出来了。你说山在左手,也许它实在在你的背后;你说水在右手,也许它实在在你的面前。因为一切几何学的图形都被打破了。你这一瞬间是在这样畸形的一个圈子里,过了一瞬间就换了一个圈子,仍旧是畸形的,却已完全不同了。这样,你的火车不知直线呢或是曲线地走了数十分钟,你的意识里面始终不会抓住那些山、水、溪滩的部位,就只觉红、红、红,无间断的红,不成形的红,使得你离迷惝恍,连自己立脚的地点也要发生疑惑。

寻常,风景是由山水两种要素构成的,平畴不是风景的因素。所以山水画者大都由水畔起山,山脚带水,断没有把一片平畴画入山水之间的。在这一带,有山、有水、有溪滩,却也有平畴,但都布置得那么错落,支配得那么调和,并不因有平畴而破坏了山水自然的结构,这就又是这最精彩部分的风景的一个特色。

此后将近义乌县城一带,自然的美就不得不让步给人类更平凡的需要了,山水退为田畴了,红叶也渐稀疏了。再下去就可以"自桧无讥"。不过,我们这部小说现在尚未完成,其余三分之一的回目不知究竟怎样,将来的大团圆只好听下回分解了。

真所谓"文章本天成,妙手自得之"。自古造铁路的计划何曾有把风景作参考的呢?然而杭江路居然成了风景的杰作!

不过以上所记只是我个人一时得的印象。如果不是细雨蒙蒙红叶遍山的时节,当然你所得的印象不会相同。你将来如果"查与事实不符",千万莫怪我有心夸饰!

## 碧云寺的秋色

◎钟敬文

这几天,碧云寺的秋意一天天浓起来了。

寺门口石桥下的水声,越来越显得清壮了。晚上风来时,树木的呼啸,自然不是近来才有的,可是,最近这种声响更加来得频繁了,而且声势是那么浩大,活像冲近堤岸的钱塘江的夜潮一样。

最显著的变化,还在那些树木叶子的颜色上。

碧云寺是一个大寺院。它里面有不少殿塔、亭坊,有许多形态生动的造像。同时,它又是一个大林子。在那些大小不等的院子里,都有树木或花草。那些树木,种类繁多,其中不少还是活上了几百岁的参天老干。寺的附近,那些高地和山岭上,人工种植的和野生的树木也相当繁密。如果登上金刚宝座塔的高台向四周望去,就会觉得这里正是一片久历年代的丛林,而殿堂、牌坊等,不过是点缀在苍翠的林子里的一些建筑物罢了。

我是旧历中秋节那天搬到寺里来的。那时候山上的气温自然已经比城里的来得低些。可是,在那些繁茂的树丛中,还很少看到黄色的或红色的叶子。

秋色正在怀孕呢。

约略半个月过去了。寺里有些树木渐渐开始在变换着颜色。石塔前的几株柿子树,泉水院前面院子里那些沿着石桥和假山的爬山虎,它们好像先得秋意似的,叶子慢慢地黄的黄,赤的赤了。

可是,从碧云寺的整个景色看来,这不能算是什么大变化。绿色的统治基本上还没有动摇,尽管它已经走近了这种动摇的边沿。

到了近日,情景就突然改变了。黄的、红的、赤的颜色触目都是。而且它来得那么神速,正像我们新中国各方面前进的步子一样。

我模糊的季节感被惊醒过来了。

在那些树木里变化最分明的,首先要算爬山虎。碧云寺里,在这个院子,在那个院子,在石山上,在墙壁上……我们都可以看见它那蔓延的枝条和桃形及笔架形的叶子。前些时,这种叶子变了颜色的,还只限于某些院子里。现在,不论这里那里的,都在急速地换上了新装。它们大都由绿变黄,变红,变丹,变赤……我们要找出它整片的绿叶已经不很容易了。

叫我最难忘情的,是罗汉堂前院子里靠北墙的那株缠绕着大槐树的爬山虎。它的年龄自然没有大槐树那么老大,可是,从它粗大的根干看来,也决不是怎样年轻了。它的枝条从槐树的老干上向上爬,到了分叉的地方,那些枝条也分头跟着枝桠爬了上去,一直爬到它们的末梢。它的叶子繁密而又肥大(有些简直大过了我们的手掌),密密地缀满了槐树的那些枝桠。平常的时候,我们没有注意到它跟槐树叶子的差别。因为彼此形态上尽管不同,颜色却是一样的。几天来,可大不同了。槐树的叶子,有一些也渐渐变成黄色,可是,全树还是绿沉沉的。而那株爬山虎的无数叶子,却由绿变黄,变赤。在

树干上、树枝上非常鲜明地显出自己的艳丽来。特别是在阳光的照射下,那些深红的、浅红的、金黄的、橘黄的……叶子都闪着亮光,人们从下面向上望去,每片叶子都好像是透明的。它把大槐树也反衬得美丽可爱了。

我每天走过那里,总要抬头望望那些艳丽的叶子,停留好些时刻,才舍得走开。

像这样地显明而急速地变化着颜色的,除了爬山虎,当然还有别的树木。释迦牟尼佛殿前的两株梧桐,弥勒佛殿前的那些高耸的白果树,泉水院前院石桥边的那株黑枣树……它们全都披上黄袍了。中山纪念堂一株婆罗树的大部分叶子镶了黄边,堂阶下那株沿着老柏上升到高处的凌霄花树,它的许多叶子也都变成咖啡色的了……

碧云寺的附近,特别是右边和后面的山地上,那些柿子树和别的许多树木……我们就近望去,更是丹黄满眼了。

自然,寺内外那些高耸的老柏和松树之类,是比较保守的。尽管有很少的叶子已经变成了刀锈色,可是,它们身上那件黑绿袍子是不肯轻易褪下的。许多槐树的叶子,也改变得不踊跃。但是,不管怎样,现在,碧云寺的景色却成为多彩的了。这里一片黄,那是一片赤……不像过去那样,到处都只见到青青绿绿的。

这种景象,自然地叫我们想起那春夏之间群花盛开的花园来。可是,彩色的秋林,到底有它自己特别的情调和风格。它的美景是豪壮的、庄严的。花园的美不能代替它,也不能概括它。

我们古代的诗人,多喜欢把秋天看做悲伤的季节。"悲秋",是我们古诗歌传统上一个最常用的名词。引起诗人们伤感的自然现象,当然不是单纯的,草木的变色和零落,却可以说是当中有力的一种。我们知道,过去许多"悲秋"的诗篇或诗句,多半是提到"草木黄落"的景象的。

其实,引起人们的伤感,并不一定是秋天固有特性。从许多方面看,它倒可以说是叫人感到愉快的一种时辰。在农业经济上,秋天是收成的季节;在气候上,在一般自然景色上,秋天也是很可爱的(这,你只要把它去跟接着来的冬天比一比就得了)。古人所谓"春秋佳日",决不是没有根据的一句赞语。

我们还是谈谈叶子变色的话吧。

在夏天,草木的叶子都是绿油油的,这固然象征着生长,象征着繁荣。但是,从视角上说,从审美的眼光上说,它到底不免单调些。到了秋天,尤其是到深秋,许多树木的叶子变色了,柿红的、朱红的、金黄的、古铜色的、赭色的,还有那半黄半绿,或半黄半赤的……五颜六色,把山野打扮得像个盛装的姑娘。加以这时节天色是澄明的,气候是清爽的。你想想,它应该怎样唤起人们那种欢快的感情啊!

自然,我们晓得古代诗人所以对秋风感喟,见黄叶伤情,是有一定的社会生活的原因的。在过去的社会里,诗人们或因为同情人民的苦难,或因为叹惜自己阶级的衰败,或因为伤悼个人遭逢的不幸……那种悲哀的心情,往往容易由某些自然现象的感触而发泄出来。加以他们对自然、社会的知识的局限,就更加强了这种情思的表现。他们对于变色或凋零的草木感到悲伤,主要的原因就在这里。

现在,造成过去诗人哀感的那种社会根源,基本上已经不存在了。人们对于事物也有了比较正确的认识能力。今天,我们的诗人,我们的广大人民,都以饱满的精神,健康的思想,

参与着雄伟的新社会建设工程。美好的自然景象,对于我们只有激起欢乐的情怀。旧诗词中那种常见的哀愁,跟我们的诗的灵感是缺少缘分的。

就说在古代,也并不是所有的诗人,或诗人们的一切作品,对于那些变了色的叶子都是唉声叹气的。"停车坐爱枫林晚,霜叶红于二月花"(杜牧句),这固然是明白地颂扬红叶的美丽的。"扁舟一棹归何处?家在江南黄叶村"(苏轼句),诗人对于那种江南秋色,不正是带着羡慕的神气吗?此外,如像"红树青山好放船"(吴伟业句)、"半江红树卖鲈鱼"(王士祯句)……这些美丽的诗句,都不是像"满山红叶,尽是离人眼中血"那样饱含着哀伤情调的。大家知道,"现在"跟"过去"是对立的。但是,在历史的长河中,它们又有着一脉相联的源流。因此,即使是生活在旧时代里的诗人,对于某些事物也可以具有一定的正常感情。我们没有权利判定,过去一切诗人对于红叶和黄叶的美,都必然是色盲的。

我不是什么老北京。可是,凭我这些年来的经验,我敢大胆地说,秋色是北京最可爱的一个季节,尽管我们还嫌它的日子短了些。当这房子里火炉还没生火,气候凉爽可是并不寒冷的时候,观览香山一带(包含碧云寺在内)自然的丰富色彩,正是北京市民和远方游客一种难得的眼福。让古代那些别有怀抱的伤心人,去对叶子叹息或掉泪吧!我们却要在这种红、黄、赤、绿的自然色彩的展览中,做一个纵情的、会心的鉴赏家!

1956 年 10 月 28 日于碧云寺

# 秋外套

◎黎烈文

回国后已经过了两个秋天了。那两个秋天都模模糊糊,如烟如梦,自己也不知道是怎么过去的;直到今年秋天,这才得着一点闲时闲情,偶然逛逛公园。

在上海所有的公园里面,谁都知道兆丰公园是最好的。除掉缺欠艺术品(如美丽的铜或石的雕刻)的点缀外,其他花木池沼的布置,和我见过的欧洲有名的公园比较起来,都没有丝毫愧色。我有时带着一本书走进园子,在树下听听虫鸣,在池边看看鸭泳,是可以把每天见闻所及的许多可憎可恶之事,暂时忘掉的。

这天因为贪看暮霭,不觉回家得迟了。独自坐在荷池旁,悠悠然从深沉的默想里醒转来时,四围早已一个游人都没有,昏暗中只见微风吹动低垂的柳枝,像幽灵似的摇摆着,远远近近,一片虫声,听来非常惨戚。我虽喜欢清静,但这样冷寂得颇有鬼趣的境地,却也无意流连。忍着使人微栗的凉风,循着装有路灯的小径走出公园时,我顿时忆起那件搁在箱里的秋外套,和几年前在外国遇到的一个同样荒凉得使人害怕的夜晚。

那时我和冰之都住在巴黎。我们正像一切热恋着的青年男女一样,力求与人相远。某天,我们忽然想起要搬到巴黎附近的小城去住。于是在一个正和今天一般晴朗的秋天,我们

毫没准备地由里昂车站乘着火车往墨兰(Melun)。

　　这小城是曾经有两位中国朋友住过都觉得满意的,离巴黎既近,生活也很便宜。但不幸得很,我们那天在许多大街小巷里瞎跑了半天,却什么也没找到,只在离塞莱河(Seine)岸不远的一家小饭店里吃了一顿可口的午餐。现在回想起来,那样鲜嫩的烤鸡,我大概一生也不会再吃到的了。

　　饭后,玩了一些地方,我们的游兴好像还没有尽,冰之便提议索性到更远的地方去看看。我们坐着火车随便在一个小站下了车。这里简直完全是原野。车站前后左右都是收割了的麦田。只在离车站约摸半个基罗米突的一座小丘上有个小小的村庄。我们到那村庄上走了一圈,饱嗅了一阵牛马粪溺的臭味。后来一个好奇的老太婆邀我们到她家里去歇脚,和我们问长问短,殷勤地拿出一盆自己园里出产的酸梨款客。当她知道我们在找房子时,便慨然愿意把她的住宅的一半租给我们。她指给我们看的两间房子虽也还干净,并且有着一些古色古香的家具,但我们一想到点的是油灯,吃的是井水,便把一切诗情画意都打消了。我们决定赶快回巴黎。

　　走回那位置在田野正中的小站时,天已快黑了,而开往巴黎的火车,却要晚上九点钟才会经过那儿。这天那小车站除掉我们两个黄脸男女外,再没有第二个候车的乘客。站上职员因为经济的缘故,不到火车快来时,是决不肯把月台上的电灯开亮的,读者诸君试去想象罢,我们这时简直等于遗失在荒野里面了。四周一点人声都没有,只有一轮明月不时露出云端向我们狡猾地笑着。麦田里各种秋虫的清唱,和远处此起彼应的犬吠,送入耳朵里格外使人不安。尤其是冰之,她简直像孩子似的害怕起来了。我记起有位法国诗人说过,人在夜晚和暴风雨的时候常常感到自然的威压。这话是很有道理的。为什么夜晚会使人感到威压呢？想来大概因为黑暗的缘故。人原是憎恶黑暗，追求光明的！

这天冰之穿着一套浅灰哔叽的秋服，因为离开巴黎时，天气很暖，不曾带得有大衣。现在空着肚子给田野间的寒风一吹，便冷得微微战栗起来。但幸好我的手臂上带着有那件晴雨不离身的薄呢秋外套。当时连忙给她披在身上。两人靠紧身子坐在没有遮盖的月台上的长椅里，怀着焦躁与不安的心思，等待火车到来。

当晚十一点钟转回巴黎时，冰之便喊着头痛，并且身上微微发着寒热了。陪她在饭店里吃了一盆滚烫的 Soupe，然后把她送回寓所，叫她立刻蒙着被窝睡下。因为怕她盖的东西不够，我临到跑回自己的旅馆时，又把我的秋外套搭在她的脚上。虽然她说外面很凉，再三要我穿在自己身上，但我却强着她盖上了。

过了两天，从她那边把外套拿回时，并没觉得什么异样。因为那一晌天气很好，外套虽常常带在身边，但却不曾穿过，我料不到外套上有了什么新鲜物事。

两星期后的一个早上。我独自在卢森堡公园作那每天例行的散步时，忽然觉得身边有一种时无时有的幽雅的花香。向周围一看，虽然到处有着红红绿绿的洋菊，但那都是没有芳香的，更没有我所闻到的那种清妙的气味。这样兰花似的淡淡的香气，究竟是从什么地方飘来的呢？真是怪事。这香味是到处可以闻到的，站在上议院前面的 Bassin 旁可以闻到，坐在乔治桑(George Sand)的雕像旁也可以闻到，甚至走出了

公园还可以闻到,跑进了大学图书馆也仍旧闻到。这简直把我弄得糊涂了,我疑心我的鼻子出了毛病,我以为自己疯了。我这一整天都没得到安宁。晚边下了课,跑到冰之那里去看她,把这事讲给她听了,她起初只微笑着,什么话也不说。到后来才狡猾地瞧着我身上的秋外套噗哧一声说道:"你怎么到今天才闻到呢!"

天!我糊涂到这时才领会那香味是从自己的外套上发出来的!我记起了我的外套曾在她那里放过一晚,一定是她给我洒上了一点香水。我赶快把外套脱下来闻闻看,我终于在衣领的夹里上找到了那幽妙的香味的来源。并且出乎意外的是:我那外套的夹里上有许多脱了线的地方都已修整完好。我这时的喜悦和感激是没有言语可以形容的,我觉得自己从那时起百倍地爱着那香水的主人。

据冰之说,那小瓶香水是只花了一个马克从德国买来的。实在也并不是什么高贵的香水。但气味可真清妙到了极点。并且说来是没有人肯信的,在以后的四五年里,每个秋天我把那外套从箱里取出时,起初虽只闻到樟脑的恶臭,但等到樟脑的气味一散去,淡淡的兰花似的香水的清芬又流入了我的鼻管,它简直像是永不会有消散的一天。

现在,一切愉快的时光虽已和那香水的主人一同去得遥远,但那少女的一点柔情,却悠久地记在我的心上,每次穿上那外套,嗅着外套上的飘渺的香味,我便仿佛觉得冰之坐在我的身边。

而现在又到了需要再穿上那秋外套的时候了……

# 秋日草原

◎郭保林

是黄金雕镂的季节。是阳光凝固的季节。是诗和童话的季节。是用奶茶和马奶子酒浸泡酝酿得鲜亮亮、甜馨馨、浓酽酽的季节。秋日的草原啊!

走出锡林郭勒城,沿着锡林郭勒河到草原上看看秋天吧!

最好是骑马。锡林郭勒有名的三河马,那是国宝呢。骑着它,又快又轻又稳,耳边是絮絮秋风,头顶是浪浪流云,眼前是苍苍阔野阔野苍苍,踏踏的马蹄,敲响古典的浪漫,敲开汉唐边塞诗词的意境,使你走进梦里、幻里,走进历史的苍茫……仿佛王之涣、王昌龄、高适、岑参,还有那个外号叫白乐天的老头儿也伴着你一块旅游呢!

秋天的锡林郭勒河疏朗、明净、清澈、宁馨。岸边的杨柳和灌木丛将满身的姚黄姹紫注入河里,河水漂着幽碧、湛蓝、翠绿、橘黄。生命和阳光在这里沉淀、净化。那河水微澜倦慵,细波澹澹,浪花脚步儿轻轻,默然而神秘地向草原深处流去。偶尔有几只水鸟和野鸭出现在河面,唧唧呷呷啾啾,鸣叫一阵,更衬出这草原河流的静谧和清穆。

这就是名气大得惊人的锡林郭勒大草原吗(锡林郭勒和科尔沁、呼伦贝尔是我国保护得最好的三大草原,是最纯净的草原)?天高地阔,四衢无阻,旷达的蓝天,蛮荒的草莽,自由

的风和云,还有自由的想象。你完全可以策马纵驰,那匹油汗生光肌腱勃怒的三河马,奔腾撒野,草原轰然向你扑来,蓝天白云轰然向你扑来,你可以把衣襟交给风,把心肺交给风,你尽可享受秋天大草原的潇洒、风流和浪漫,尽可以体味"我欲乘风归去"的豪情,你这种亢奋的情绪,王维、高适那帮老头子绝对没有。

不过,我劝你千万不要策马纵驰,要像那首歌嘱咐你的那样,"马儿哟你慢些走",你要欣赏草原秋色迷人之美,最好采用电影的慢镜头。

当你的马儿踏上了一道岗峦,你可立马纵目:辽阔的锡林郭勒会向你涌涌溅溅扑来,又从你脚下涌向紫微微的带子一样朦朦胧胧的远方,那是天和地的衔接处,像拱顶那样笼罩一切。在没有高山没有树林的草原上,秋色像浪漫主义大师,挥动着巨笔,恣肆汪洋地在草地上涂抹着橘黄、杏黄、柠檬黄,即使那些性格顽强的或是温情缠绵依依眷恋夏日丰采的野草,也不得不举起淡黄的旗帜,迎候秋天的到来。色彩浓浓淡淡浓浓,你很难想出一个恰当的词汇来形容草原秋色之美,但所有属于秋天的色彩似乎都是明亮的,耀眼的,令人意兴飞扬的。一切灼热和烦躁都沉淀下来,凝固成秋天的柔润和清丽。而被秋色染成浅黄、淡黄的小草,并不给人一种衰老的印象,而像春天的鸡雏、鸭雏、鹅雏,一群活泼的小精灵,给人一种充满生机的感觉。

如果你想停下来,就会感到那山水、草原和蓝天、白云也停下来,太阳和秋天也停下来,连爱动的时间也停下来,一切都融入无声无息的一幅绝妙得无与伦比的宁静的图画之中。

其实,大草原的秋天是一部综合体艺术作品,既有油画般的凝重浓厚,又有水彩画的明丽清淡;既有音乐的旋律感,更富有诗和散文深湛优美的意境,向你展示着无边无际丰富的内涵,向你展示出一幅幅辽阔而深沉的哲理。

且不说那明净的流水多么浪漫袅娜,那野花的色彩多么明媚艳丽,但见那起伏的岗峦(那是立体的草原),恰似一曲旋律,静悄悄地飘荡在大地之间,似乎谁用手指轻轻一弹,整个大草原就会唱起一曲豪迈的秋之歌……

果然,从草原深处传来歌声,那是牧羊姑娘和牧马小伙在唱(马儿,羊儿,成群成片,悠悠荡荡,散散点点),一阵阵牧歌飘飘冉冉袅袅地飞来,那牧歌渗透了阳光,渗透了花香、草香和浓浓的野味,悠扬得如缕缕柔丝,如淡淡云烟,从牧歌里使你深深地领悟草原诗的意象和散文的抒情韵味。

前面不时会出现一片被铁丝网围着的小草场,那是草库仑。草尖上结着蜘蛛网,百灵鸟和云雀在草场上空盘桓歌唱。阳光溅在上面,漩成一个个涡儿。那草极丰美茂密,虽已着秋色,但不减夏日丰采,它们没有被牛羊啃噬过,既有处女般的贞洁,又有成熟少妇的丰腴。

如果你想下马休息一下,最好选择一处山坡。这时会有一片绮丽的美景跃入你的眼帘——干枝梅,一片潇潇洒洒、素素淡淡的干枝梅,那洁白的花朵,呈现出一副女才子的灵气和温柔——关于她,我在另一篇文章里还会向你介绍的。草地上还有许多野花,红的、蓝的、紫的、粉红粉白的。但是没有菊花,因为你面对的不是陶渊明的东篱。那些花儿各自呈现出生命成熟的辉煌,向秋天炫耀着最丰满的情愫。这时你身边依旧有絮絮秋风,风里有花香,淡淡浓浓,香在你心里,在你心里向你讲述草原秋天的芬芳,描绘秋天的诗情画意,你尽可和

花香草香谈心。不过,你别忘了,你身边还有王之涣、高夫子、白老头……他们的心境绝非如你那样闲适,甚至可能和你争吵起来,因为他们眼里边塞草原的秋天依然是"饮马渡秋水,水寒风似刀"、"大漠穷秋塞草衰,孤城落日千兵稀"……

不管他们吧,境由心造,这时,你如果躺在花丛草丛里,吮吸着花香、草香,在这黄绿漂染的画布上,你可任意挥洒你激越的感情和奔放的想象……

不知你注意到了没有,大草原秋天的一大特产——阳光!它是那样丰盈、充沛、纯净而明丽,它又是那样富丽堂皇,豪华而慷慨。它用无边无际的温柔,抚摸着每一棵小草,每一朵野花,每一道流水,每一座岗峦,每一片山洼,给它们光泽,给它们色彩,让一切有生命和无生命都光辉灿烂,明艳而充满灵感。而且阳光又那么纯洁、纯真、纯贞,多么富有质感、动感、成熟感。似乎你随手可抓一把放在鼻前吮吸它的芬芳和清馨!啊,你何曾见过这样鲜丽的阳光!在你的故城,阳光却是那样吝啬,且污染得变了味——重重叠叠的楼房跳着高儿,拼命地争夺阳光的施舍;一页页窗户张着饥饿贪婪的嘴巴,嗷嗷待哺似的抢吃那一缕可怜巴巴的阳光;咫尺之间的阳台上苍白的盆景乞求阳光的恩赐;那湿淋淋的衣服和尿布伸着胳膊、仰着脸儿渴望着阳光的拥抱……这时,你会想,草原的阳光若能购买的话,你准发狠心,不惜重金,购它几车皮带回你的故城!

还有白云。你从娘肚子里爬出来,长这么大,何时见过这样鲜美的白云呢?那云缥缈而文静,温柔而潇洒,婉娈而轻俏,高雅而恬淡。那云也有灵性么?它们是仙子的化身,还是行吟在天国的诗人和哲人？让你惊讶，让你景仰。而白云又是那样纯净，纯净得像孩童的心灵，像少女的初恋，纯净得像你中学里背熟的那些数理公式一样难以置疑。这时，你若放歌一曲"蓝蓝的天上白云飘"，整个身心也会飘浮起来，飘进那自由的王国，白云的故乡，化为蓝天的骄子……

  好啦，当你赏够了草原秋天的阳光和白云，踏着绿中泛黄的牧草，继续走吧。

  啊！你看到前面那群牧马了吗？多像一匹红锦缎，和淡黄青苍的草原相映衬，展示出一种富有诗意的图案。马个个膘肥体壮，不时高昂着头，竖起耳朵，又不时低下头啃吃肥美的牧草。它们甩着尾巴，显得悠然自得。当牧马人手握套杆，向马群奔驰而去时，马群立即骚动，马儿撒开四蹄狂奔，不住地嘶鸣。这时草原上又组合出跳跃的画，奔腾的诗。你看到那牧马人追踪那匹红鬃烈马了吗？像两个火球在草地上翻腾、滚动。你真担心这火球会把草原美丽的秋天烧毁。其实，不必担忧，剽悍勇猛的牧马人很快降服了烈马，于是草原依然进入静寂的画面。

  如果你有兴趣的话，可以到蒙古包里和老额吉、老阿爸聊天，当然，他们会请你吃奶豆腐、手抓肉，或用镶银的蒙古刀割烤羊腿，那淋漓着油脂、黄蜡蜡的烤羊腿真香啊！你不必客气，尽管放开肚皮大块吃肉，大碗喝酒，喝得酩酊大醉，他们才高兴呢！当你三杯两盏进肚，他们会为你跳起盅碗舞。古老优雅的舞蹈，优美动人的民歌，更添一番风味，一种情韵，使你醉上加醉，如梦如幻了。

  大草原秋天的黄昏，也是极其动人的一章。浓艳的晚霞，

把橘黄、赭红、淡紫、青灰涂满天空。草叶草梢上都滴沥着淋漓的霞光,像闪烁的火星。任性而激动的晚风,挟着干燥的芬芳,从赭袍色的岗峦上一掠而过,又无影无踪地消失在丰密的草丛中。随着太阳的沉落,远山变得模糊,青灰色的雾霭从低凹处或者水湄边丝丝缕缕、团团卷卷地弥漫过来,归牧的马群、羊群、牛群也驮着落霞、牧歌向嘎查(牧村)奔来。马的嘶鸣,小羊羔银铃般的颤音,老母牛沉闷的哞叫,运草的拖拉机的突突声……这一切只能使博大的草原震动几下,接着又被巨大雄沉的宁静吞没了。随之而来是雾纱一般的暮霭,草原陷入一种虚无缥缈之中,你在草原上行走,就像走进一个梦境,一个永远醒不来的梦。偶有蒙古包前亮亮的牛粪火和缓缓飘逸的牛粪烟的火星,使你感到这旷莽苍茫的草原还有生息……

当你饱尝了草原秋天明艳的一面,最好再阅读它凄美的另一页,那是秋雨淋湿的草原。

浓浓的秋,斜斜的雨,倘若你披一件雨衣,踏着润黄湿绿的青草,向草原深处走一走,你会发现秋雨中的草原是一幅忧郁的画,一首感伤的诗。

雨浓一阵的白,淡一阵的白,白蒙蒙的草原,漓漓漫漫的水雾。那草静静地接受秋雨的浸淫,叶子微微下垂,带着缠缠绵绵的忧伤和湿漉漉的凄迷;花开始凋零,花瓣窸窸窣窣落下来,带着怅然的无可奈何的叹息,而这一切又被淅淅雨声所淹没,空气凉凉的,雨丝凉凉的,鼻子里、肺里也凉凉的,草腥味雨腥味,浓得呛人,满眼一片扑朔迷离,倒是很写意。可是,被雨淋湿的草原,那些犹如纷纷黔首、芸芸黎民被秋雨任意欺凌的花和草,其苍凉、凄清,如不身临其境,谁能体验到这种悲剧韵味的美呢?

如果有一两只苍鹰在云中盘桓,天阔云低,草枯鹰疾,更添一抹边塞诗词的古意悠远的韵味。不过,鹰是很少见了,百灵鸟却到处都有,几只百灵在飘摇的雨丝中飞旋,围着湿沥沥的草原追逐,一会儿拍动着翅膀把身上的水珠弹掉,一会儿又钻进草丛,半唱半叫,是眷恋微雨的爱抚,还是哀叹秋天即将远行?

雨中看鸿雁南飞,那是秋天草原一大景观呢。你看,横风斜雨,彤云低垂,一行大雁,扶老携幼,艰难地跋涉在雨空,远望征程,迢迢万里,回首故园,云霭迷离,无奈,雁唳声声,洒下一路悲歌,一路湿湿的哀鸣。睹景生情,你怎能不想起《甘州曲》、《凉州词》、《阳关三叠》的悲怆和凄婉?

秋雨淋湿的草原也静得出奇,只有雨打草叶的窸窸窣窣之声,只有昆虫短促而喑哑的哀鸣,那是它们生命的绝唱,还是为草原秋天的落幕而唱的挽歌?远处依然是墨一样的乌云和墨一样的草原,天空变得很低,很沉,也很忧伤。

"悲哉秋之为令也——萧瑟兮,草木摇落而变衰。"几场寒籁过后,草原短命的秋天就寿终正寝了,怪不得岑参那老头儿说过"胡天八月即飞雪"呢,北方的第一场大雪来得那么急,那么突然,让人难措手足,而锡林郭勒大草原秋的尸骸就埋葬在这雪里了。

# 秋天到纽约去看树

◎余方德

"冬天到台北去看雨,秋天该到纽约来看树,秋天的纽约,那是色彩的天下,快来吧!"全美中国作家联谊会会长冰凌先生对我们几位作家这样说。

真的吗?于是我和浙江省作家代表团一行人,便从上海经东京转机后径直飞往纽约肯尼迪机场,由机场乘车缓缓经市郊驶过纽约街区,准备驰往纽黑文市之假日酒店。

中国人到纽约,原本就有一种兴奋异常的心情:特别灿烂的阳光和蔚蓝的天空下,走着的都是一米八以上的男人,高大、坚定。女人呢?也高挑,且显得柔情万种。白人白得炫目,黑人黑得耀眼;建筑恣肆壮观,耸入云霄,仿佛能遮云蔽日;公路四通八达,没有自行车"车流",却全是小轿车的"马龙"。秋风也怪,仿佛是从万米高空直溜下来,纯洁得没有一丝杂质;拂过窗外,摇动树梢,轻柔得不带什么杂音。出了纽约,不知是冰凌先生还是哪一位作家提醒我们:"快看,这公路两边的树,纽约的树……"

是的,冰凌先生叫我们到纽约来看树,这一看,全车的人似乎都惊呆了,愣住了:车出纽约已是夕阳西下的时光,放眼望去,公路两边的树,有的红得如火,一片连着一片,从山下艳红到山顶,再绵延开去;有的黄亮如绸,一大块一大块地浓淡层叠,那是一种耀眼的鲜亮,鲜亮得片片树叶仿佛都透明了一般,大块大块的黄色逼近车窗,仿佛用金黄来净化我们的心灵。红黄之间,还有紫色的,紫如灯笼在亮;白色的,白如茶花怒放;绿色的,苍松墨绿、柏树苍凉;赤、橙、黄、紫、白、棕、绿交相辉映,璀璨欲滴,在那残阳如血、秋风飘动之中,仿佛在向我们呐喊:人们培植、珍惜我们,我们变色为你,燃烧为你,摇曳为你……纽约的秋,纽约的树,衬上彩色雾、红色霞,天地间真是五彩缤纷,色彩斑斓,镌刻在外国旅游者的心中,成了一首动情的歌、一幅摄人心魄的风景画。

　　车子无声无息地向纽黑文市驰去,虽车流如潮,但无一辆轿车或货车鸣笛。仿佛所有的人,都被纽约的火红、金黄或玫瑰色的梦幻给折服了。我和友人似乎都忘情了,直到车子停在纽约市郊一个高坡加油站加油时,大家才清醒过来。

　　趁车子加油的工夫,我和冰凌先生下了车,站在这半高坡的加油站上,朝四面一看,更奇的景象出现了:在不少国家中,所谓治理环境、绿化公路,往往就是在公路两旁栽上两到三排,最多也不过三至五排树木,有些高速公路,强调视野开阔,基本上就没栽树木;纽约真的不同,公路两旁就是森林,最少也该称树林,我们的车行的是高速公路,这高速公路仿佛就修建在原始森林里,全被林带掩映着,被秋天的火红、金黄浸染着。极目远眺,山峦起伏,层林尽染,漫山遍野的鲜红、猩红、粉红、桃红,恰如火在燃烧,又如红霞在浮动;峡谷幽深,气流浮起,金黄色的、金红色的、金橘色的、金棕色的,不是片片黄雾,就是满谷彩云,伴着清溪潺潺,衬着白桦丛丛,蔓延开去。"层林染尽多欢悦"、"红叶黄花自一川",地上的红霞彩云在浮动,在弥漫,在无边无际的远方与天上的红霞、彩云交融在一

起,云蒸霞蔚,万象飞腾,纽约便成了梦幻般的五彩世界。

"纽约种的都是些什么树?为什么红得那么透明、那么鲜亮,又那么一尘不染?"我问冰凌先生。

冰凌先生说:"我曾为此拜访过耶鲁大学植物学教授,他们说,世界上有不少树种,东西方是交融混生,互为消长的,比如你们看到的那大片大片的红色便是枫树、槭树,橘红的是橡树、香树,金黄的是落叶松、杨树,白色的是桦树,其他颜色的便是松树、柏树、杉树和什么米严罗、鬼树等等。纽约没有污染,空气清新,树木看上去一尘不染;纽约也很怪,比如枫树、槭树,品种很多,每类都有十余种,只要一夜西风起,霜花一降,它们说红就红了,不像中国一会儿红半边或红几片,它整棵树都一下子红了,而且可以红一个多月。当然,最火红、最鲜艳的还是一种叫青春血树的。"

"青春血树?"我第一次听到,感到很奇怪,"有这种树吗?"

冰凌用手一指加油站后边的一棵树说:"瞧,那就是……"

我急切地走到那棵树下,心里不觉动了几动:这真是一种状如红酒,每片树叶都红似玫瑰的怪树,张张叶子仿佛都被火红浸透了,从上到下,几乎找不到一片其他颜色的叶子,真如一团熊熊的火焰,不仅把树身烧红了,也将附近的房屋、树林映得通红。有生以来,我几乎没有看到过如此红艳亮丽的树种,便慌忙掏出照相机将其拍摄下来。

车子要开了,冰凌先生赶忙唤我上车,上车时,冰凌先生故作神秘地对我说:"这种树,你在中国没见过吧?它本身就有一个很动人很惨烈的故事!"

晚上,我们去了美国著名学者、社会活动家,曾为中美建交和友好立过汗马功劳的赵浩生家。很巧,赵氏别墅一侧就种了一棵"青春血树"。我们交谈到情谊甚浓时,我便从窗口指着那棵"青春血树"问赵先生:"听说这棵树不同凡响,不仅红得剔透,听说它身上还有一个生动的故事,而且很惨烈,是吗?"

谈笑风生的赵先生脸色严肃下来了,不,他似乎陷入了沉思,好久才说:"其实,这棵树本身并不奇怪,它是槭树的一种,我们中国人称鸡爪槭,算是一种名贵树种。但美国人原本称其为血树,不少人很崇拜它,除了它绿起来翠绿翠绿的,红起来又红得透亮、红得艳丽外,确实树身上还有一个传说,或者叫一个故事吧。

"故事的男主人公叫罗伯特·安得森,女主角简称叫诺玛,双方自小同学,长大相恋,而且恋得如胶似漆。这个故事是二百多年前的事了,当时美国婚恋可不像现在这般自由,这般开放。诺玛的父亲是银行家、州议员,但罗伯特却在贫民窟中长大。他只有一个母亲,且还没有稳定的职业。诺玛要嫁给罗伯特时,遭到州议员父亲的坚决反对,而且为了拆散这对恋人,议员决定举家搬到另一座城市。诺玛和罗伯特都绝望了,双双决定殉情,殉情方式就是一起跳井,而且就选中了罗伯特家门前血树下的那口井。美国和中国一样,许多地方打井取水。罗伯特在母亲上班后,就穿上了'新郎'的衣服,坐在门口等'新娘'诺玛来,以便两人相拥着跳进深井里——完成他们的'婚礼'。当时还不知道诺玛为了什么原因,没有按时过来,罗伯特有些怀疑,便决定吓吓她,也试探她的真情,就脱下脚上的那双皮鞋,放在井边上,以示意他按时跳了井,看诺玛是否真心与他一起殉情。他自己呢,便爬上了井边那棵血树,悄悄等待。不一会儿,诺玛来了,想不到她是赤着脚来的。诺玛一见罗伯特那双皮鞋就惊喊哭诉起来:'罗伯特,亲爱的,你死为什么不等我？我是从家里逃出来的呀！我被父亲锁在卧房里，出不来；后来我打开窗户，抓住窗下那棵血树的枝干，连攀带跌才逃出来的。我连鞋子都没得穿，现在你死了，也没穿鞋子，那我就赤脚随你去吧！'说完，她就站上了井台，纵身往下一跳……罗伯特见诺玛真的殉情，便慌了，忙喊：'诺玛，我还没死。你等等我，我们一起死！'诺玛似乎已听到了他的喊叫，她跳井时曾微微一回头；也许没听到，她直直地跳进了深井里，只听到一声水响。罗伯特见诺玛跳下去了，便不顾一切地从血树上对着井口跳下来，他想赶上诺玛，可惜，他跳偏了一点，头与身子都跌撞在石头凿成的井沿上，热血飞溅起来，一直溅到那棵树上，溅到树梢上。当然，井沿上、井边上也鲜血淋漓。大约是上帝被感动了，跳偏了的罗伯特，在井沿上弹了几弹，最后还是弹进了水井里，与诺玛一起完成了他们的生死'婚礼'……那棵血树也怪，虽是夏天，但被鲜血一溅，树叶就一下子全红透了。从此，美国人改称血树为青春血树，因为它每片叶子几乎都鲜红如血呀！"

我和朋友们都沉默了，无语了，而且似乎都眼有泪花。夜晚，秋风却在悄悄拂动那棵火红火红的"青春血树"，血树枝叶仿佛情人般在悄悄私语着，私语着，久久的，像一首诗，像一首歌，也像一首动人心弦的古老乐曲。

秋天，是植物嬗变与更新的季节，绿叶变红、变黄、飘零，而土益坚，根益深；而对于人，那秋也莫不是人生某种意义上的嬗变吗？人之知秋，非仅知于草木，乃贵在自知耳！美国人何以爱秋，何以崇拜血树呢？怕是在婚姻自由、人性开放的时代，更多地在思索人生的秋原吧……

# 九寨的秋

◎陈村

十月。走过大渡河，这岷江边的路也就不算什么了。自然，免不了要有几次"兑车"（象棋术语），车子列成一行，然后一步一刹车地交会。一边是山，一边是河。山岳型河川，水势湍急，翻下去多半得送命，有时连尸体都捞不回来。"兑车"了，同车的摄影师们受不了心理压力，随着一辆辆重载卡车擦过，一个个下车了。我们没动。见过半个车轮悬空的人，麻木了。

恼火的是风沙，无论汶川、茂汶或松潘，一色的扑朔迷离。我丧气地看着车窗外的童山——那风沙之母，那河滩的乱石之母。没有树，甚至没草。它们被斩尽杀绝了。乱石吊在陡坡上，终究会跌落，拦在路中，滚进河心，也不排除命中人身的可能。一个个流沙口，虎视眈眈。

依稀记得几年前的中共党史课。这里是中国工农红军到过的地方。一九三六年春，红军沿岷江而上，凭险警戒着松潘方向的胡宗南，以掩护在懋功、在毛儿盖为寻求前途而召集的中共中央会议。四十多年过去了，山川改容，人事沧桑，留下的只有传说。

公路没有尽头，我们在茂汶住，因坍方在松潘住。沿途可看的是索桥。是黑的黑水和灰白的岷江。是太平公社处的偌大的葫芦形的海子，它在一九三三年的一次地震中诞生。松

潘海拔二千八百四十米，无霜期二十一天。车出松潘，摆脱了岷江，下坡，两边渐渐开阔，有马也有牦牛，清浅的溪水匆匆流去，它是江河之源。偶然出现三两个藏胞，不动声色地看着车队。摄影师们又激动了。在汶川休息时，他们激动过一次。几十架挺出变焦镜头的照相机(从"玛米亚"到"海鸥-DF"，胶卷一律的"柯达"——负片及反转片)，对准羌族的白衣少女"开火"了。快门频频动作。这是一支善意的"行刑队"。少女埋着头羞涩地笑了，轻轻说一声"照惨啰"，灵巧地背起背篓，躲开了，耳垂上钥匙圈充代的耳环在轻轻摇荡。

　　远处的雪山提神。近处的荞子(荞麦)红得暗了。


　　九寨沟位于南坪以南四十公里，海拔二千到三千。沟口羊峒并不出色，杂树乱草和两幢房子，虽有高原的烈日，依然灰蒙蒙的。看示意图，形状象 Y，招待中心在中间那个点上。纸上陌生的地名：树正群海沟，日则沟，则查洼沟。什么意思？

　　"什么意思？"我问。

　　没人懂藏语。可惜。

　　沿途均有简易公路，那是森工部门干的好事。去年年底，由于一位智者的呼吁，它仓促撤出。留下了路和房子，留下了采伐后的树桩。

　　错过了迎客松，视线被一串海子夺去。阳光下，海子软软地卧着，绿得伤心。心理需要适应，水不可能是这样的。草海的苇草黄了，秋山的枫叶红了，和或蓝或绿的高山湖泊作着对比。大自然的色彩组合，永远协调。

　　树正瀑布一闪而过，唯有鼓膜里留存的声响。而宽达一百四十米的诺日朗，则久久地冲击视网膜。卸下行装，草草进食,我们三个去探望深秋。

觉到诺日朗了。先是耳朵,然后皮肤,然后眼睛。空气湿得悦人。诺日朗不动声色地从山岩泻下,坦然,自信,从容不迫地溶入脚下那一洼期待着的水。阳光下,终于化作温顺的如梦的蓝。

我们对瀑而立。看诺日朗,听诺日朗,将它吸入胸中。身旁是几十米高的深色的杉树,它傲傲的,有和诺日朗一般的雄美。

晚上,我们打着手电又到树旁。只有我们三个。没有星星。在海拔三千多的达维林区,我见过灿烂的星空。星钉在头上,似有碟子大,看久了颇有凉意。现在,星星隐去了。山区,或者无云,或者无星。

我们坐在诺日朗瀑布前,不出声地听着。它在打鼾?它不会睡的。空气依然湿润,手电的光柱划了一个弧线,停在似乎凝固的水帘上。灯熄了,落入黑洞,许久才挣扎出朦胧的白影,晦暗而不阴郁。

给我们开门的是藏女,干净,漂亮,藏袍也显得年轻。室内无床,通铺,木板架成如炕的一排。垫着棕垫,垫着棉絮,铺着被单。睡十条汉子,每人不过半米。头和头很近。同室的几位来自成都,起早贪黑,自费来画水粉,嘴唇干裂仍不思回乡。对我,睡这样的"床"很有新鲜感,而 X 则记起了早先的军旅生涯。

凭入川一个多月来的经验,我知道,在流水声中总能睡个好觉。

秋

    大山里没日出可看,何况阴雨。备了一袋馒头,几碟泡菜,想在则查洼沟走上一天。想到长海野餐。来回七十二里。

    汽车只能送到半道。路烂了。弃公路而行,用杖拨开乱草,越过倒伏的原木,走到五彩池边。

    天阴着,水更稠了,稠得毫不发腻。水下十来公尺处的沉水木依然清晰。五彩池低陷,幽深,近山的倒影铺在水面。绿波上,泛起红红黄黄的色块。九寨沟的水,果然是彩色的。色与色镶接得出神入化。色彩款款飘动,融和着,渗透着。我懂了"斑斓"。

    有一个木筏,小得可爱。X上去,我接过阿凡提大叔的维吾尔六角小花帽也上了。才撑开,筏子阴险地下沉了。X大叫:"跳!跳!"于是双双跳进了水中。水冷。轻划几下,湿漉漉地上岸。帽子没了。

    轮到C显显本事,他以三十八岁之壮,两次下潜。池水看则浅,入则深,好歹将帽子俘获。岸上,毛衣毛裤在淌水,我冻得安逸了,边发抖边觉可笑。一旁的X,脸像刷了涂料。传说五彩池是仙女洗澡的地方,凡人贸然下水,活该受冻。纵深几十里的长海去不成了,馒头白带了,却用上"克感敏"。两小时后回到寝室,急忙脱衣钻入被窝,X送来烫手的水壶充作暖水袋。

    还是得出去,九寨秀色不在屋里。下午,跟车去日则沟。那里,海子接着海子。

    离九寨的前一天,我们不再用车。背上干粮、相机,提着峨眉买得的拐棍,缓缓地上坡。

    上了镜湖的筏子,它结实,和红叶绿水合影。水中有磨房一座,全木结构,瓦亦由木片拼成。顺浮桥走近,可见屋下巨大的水轮。木槽引来一泓清水,冲得它打转。踏上独木梯,我推开黑沉沉的门。屋里有两个吊起的石磨,石磨的下半叶在转着,麦粒循规蹈矩地落入磨孔。地板上坐着黑黝黝的老藏人,伸出富有质感的手在火上烤着。烧的是青枫。

"您好!"我微微鞠躬。

他朝我点点头。我大声问他,他听懂了,但话仍不多。他也说四川话,说得不很流利。石磨悠悠地转着。

走过瀑布,在珍珠滩上流连了一会。水漫过缓坡,坡中长着终年浸水的灌木。赤脚走了走,水冷,水急,很难站住。可惜没有太阳。要不,水珠像珍珠一般跳跃、闪烁,能想出它的美。

四周真静。没有游人,没有浮尘。孔雀河道边,我们试了试在大渡河学得的手艺,捡起漂来。三人合力将高岸上一根已将晒朽的原木推入水中,指望水力将它送往下游。原木入水,轻盈地漂走了。再来一根。谁知高岸材成了水边材,它被乱石挡住,不上不下。有点扫兴。

五花海是美的,五花海下的小海子更美。水底张牙舞爪的沉水木吐出的新枝,让人想起尼斯湖的怪兽。水清得如同无水,是一团绿色的空气,还蒙上五彩的雾。像雷诺阿的笔触,像林风眠的画面。它比任何画派、画师高明,远远高明。我在水边坐了好久。X和C则匆匆下水,匆匆上岸,为的是拍一张游泳照。

走过小桥,绕到五花海的西面。水作着蓝和绿的变幻,嫩得舒心。不小心扔了个烟头,赶忙捞起,葬进草丛。杂色的牦牛在远处静卧,走上前,轻轻地打声招呼。它似无敌意,只戒备着。绕过牛们,一幢废弃的木楼,斜了,楼前是晒草的高高

的木架。

  底层总是脏的,畜栏。沿独木梯上楼,门窗破败,散乱地堆着干草和被肢解的木犁。这是人的住处。三楼早先供佛,如今空荡荡的,除了野餐后丢下的塑料袋。天渐渐暗了。我们游荡在湖水和危楼之间,与牦牛为伍。C不住地吃着野生的酸果。五花海绿得更沉了。没有人声,听到的只是远处高瀑布的溅落。

  回去。走到镜湖,我重新上筏。不理会那两位的讹诈,将筏子划向湖心。漂吧。树伴着我,山伴着我,不知名的鸟儿伴着我,没有孤独感。水极缓地流着,流得毫不轻佻。它将越过北边的那排树丛,变作有力的诺日朗。

  晚上,拖着两只一顺边的鞋,在食堂看银幕上的《九寨秀色》。——认出了海子和瀑布。但是,没什么胶片能将九寨的彩色还原,即使"柯达"也罢。

  它是梦。梦是不能复制的。

1983 年 11 月 8 日

# 秋天的况味

◎林语堂

秋天的黄昏,一人独坐在沙发上抽烟,看烟头白灰之下露出红光,微微透露出暖气,心头的情绪便跟着那蓝烟缭绕而上,一样地轻松,一样地自由。不转眼缭烟变成缕缕的细丝,慢慢不见了,而那霎时,心上的情绪也跟着消沉于大千世界,所以也不讲那时的情绪,而只讲那时的情绪的况味。待要再划一根洋火,再点起那已点过三四次的雪茄,却因白灰已积得太多,点不着,乃轻轻地一弹,烟灰静悄悄地落在铜炉上,其静寂如同我此时用毛笔写在中纸上一样,一点的声息也没有。于是再点起来,一口一口地吞云吐雾,香气扑鼻,宛如偎红倚翠温香在抱的情调。于是想到烟,想到这烟一般温煦的热气,想到室中缭绕暗淡的烟霞,想到秋天的意味。这时才忆起,向来诗文上秋的含义,并不是这样的,使人联想的是肃杀,是凄凉,是秋扇,是红叶,是荒林,是衰草。然而秋确有另一意味,没有春天的阳气勃勃,也没有夏天的炎烈迫人,也不像冬天之全入于枯槁凋零。我所爱的是秋林古气磅礴气象。有人以老气横秋骂人,可见是不懂得秋林古色之滋味。在四时中,我于秋是有偏爱的,所以不妨说说。秋是代表成熟,对于春天之明媚娇艳,夏日之茂密浓深,都是过来人,不足为奇了,所以其色淡,叶多黄,有古色苍茏之概,不单以葱翠争荣了。这是我所

谓秋的意味。大概我所爱的不是晚秋,是初秋,那时暄气初消,月正圆,蟹正肥,桂花皎洁,也未陷入凛冽萧瑟气态,这是最值得赏乐的。那时的温和,如我烟上的红灰,只是一股熏熟的温香罢了。或如文人已排脱下笔惊人的格调,而渐趋纯熟练达,宏毅坚实,其文读来有深长意味。这就是庄子所谓"正得秋而万宝成"结实的意义。在人生上最享乐的就是这一类的事。比如酒以醇以老为佳。烟也有和烈之辨。雪茄之佳者,远胜于香烟,因其气味较和。倘是烧得得法,慢慢地吸完一支,看那红光炙发,有无穷的意味。鸦片吾不知,然看见人在烟灯上烧,听那微微哔剥的声音,也觉得有一种诗意。大概凡是古老、纯熟、熏黄、熟练的事物,都使我得到同样的愉快。如一只熏黑的陶锅在烘炉上用慢火炖猪肉时所发出的锅中徐吟的声调。是使我感到同观人烧大烟一样的兴趣。或如一本用过二十年而尚未破烂的字典,或是一张用了半世的书桌,或如看见街上一块熏黑了老气横秋的招牌,或是看见书法大家苍劲雄深的笔迹,都令人有相同的快乐。人生世上如岁月之有四时,必须要经过这纯熟时期,如女人发育健全遭遇安顺的,亦必有一时徐娘半老的风韵,为二八佳人所绝不可及者。使我最佩服的是邓肯的佳句:"世人只会吟咏春天与恋爱,真无道理。须知秋天的景色,更华丽,更恢奇,而秋天的快乐有万倍的雄壮,惊奇,都丽。我真可怜那些妇女识见褊狭,使她们错过爱之秋天的宏大的赠赐。"若邓肯者,可谓识趣之人。

# 秋的感怀

◎孟超

据说桂林是没有秋的,因为秋老虎过了之后,便就快到了冬天了;可是事实也不尽然,在八九月间,一阵热雨之后,到了晚上,也总有一些滋味和夏天不同的凉意。

你走过长街上,麻布汗衫在身上利落了许多,觉不到汗粘,倒也蛮清爽的。蒲扇是不合时宜了,用过了这么长久的暑季之后,在秋风起时,自然会把它捐弃了,手里边去了一些累赘,也许感到轻松了许多。

当你走到树底下,也照样地飘下了一两片树叶,虽然用不到猛然地一惊,但秋的感念多少是存在的。

除此,街头上,庭院里,我也找不出秋的征象了,这大约是那些人认为是没有秋的原因吧。

记得在上海时,秋一到,马上路口里就有敲着木梆的卖白果的声音,他像候鸟一样,才准确哩,那声音真使人有说不出的寂寞之感啊;尤其是热天还没有过完,大商店、小商店、百货公司,都挂出"秋季大减价"的市招,触目惊心,使你任管怎样地热衷,总不会不觉秋是在心里哆嗦的。

北平,我也曾去过,秋更是容易感到的,且不必说西山的红叶,北海的残荷;就是东西来顺、便宜坊等处的涮羊肉、烤鸭,都按时上市了,即使天气还热燥燥的,那你能说他不是秋

天吗？

　　我的故乡——青岛，更是一个最好秋的圣地。那里，山，在初秋，被翠绿的草色点染得更加清秀妍丽，遍山的爬山虎的叶子，红得像胭脂一样，不用三杯两盏也就心醉了。自然海浴场是阑珊了，软沙的轻梦，也快到了醒的时候，但晚间山高月小，秋涛击着岩石，南海沿人迹还不冷落，在煦煦的余温中，临着海去听秋声，的确会使人心情奔放的！

　　那都是抗战前的事，不谈它也罢。

　　不过，有人告诉我，在关外，秋高马肥的时候，听到了一声旅雁的唳声，总有一点苍凉之意，那情景是介乎悲爽之间，很可代表了秋那种使人捉摸不定的味道。可惜我没有到过关外，还得留待失地收复之后，再去领略吧。

　　抗战之后，我也曾在初秋的夜晚，在大别山作过随军的长征；我也曾在黄鹤楼头，对着秋的江流，作过夏口汉阳的远瞩；我也曾突破敌寇的包围，登过武胜关，偷越了鸡公山的脚麓；我也曾在襄江的古渡，看过落日，吊过三国的遗迹……然而，那些时候，秋似乎不在心上似的，虽然也倏忽地过去了，可没曾留下了凄凉的感觉。

　　桂林，不似上海，不似北平，不似青岛，更不似皖鄂各地，画家虽也曾画出了"漓江秋渡"的画意，但我站在中正桥头，感不到桂林同别处哪里有什么不同呢？

　　往年秋天一来，总要举行一次筹募寒衣大会，那可使我们觉到秋天到了，壮士衣单借以作为秋的表征的，但今年还没开始，更使人觉到秋意薄了。

　　秋天，只低徊于欧阳子的《秋声赋》，那总不免使人气短的，抗战已经四个年头了，不但我们的力量，应该愈磨愈壮，而且心情也需要更健强些,哪里能受了时令的摇动呢?

  让我来模拟一下吧,新谷是在收割中,无边的大野,撒下了遍地的黄金;农夫农妇们,纷忙在田亩里,都辛勤地露出了笑脸;没有作战的部队,也放下了枪杆,帮助着他们秋收,田垄中响起生产的歌声,收割的歌声,这是多么自然的,美妙的,使人兴奋的,抗战中的欢愉的画面呵。

  再想下去,秋收之后,食粮是充实了,人民生活是安定了,士气也增加了,抗战是在无形中添了不少的劲儿,我不能卑薄秋,而满怀的喜悦,正为着秋而鼓舞哩。

  可是,不知道为什么,心稍微一沉,又似乱梦被打破了一般。到处都闹着米价的高涨,正如秋潮般地汹涌,物价也像与米价竞赛似的,只见它不断地升起,没有低落的希望,大家都皱着眉头,喊出了困苦的呼吁,秋没曾使人悲戚,人倒使秋添上了不少的苍凉了。

  今晚,踏着凉月的影子,想到秋,也感到秋了;但心实在飘不起来,生活下坠着,气压铅样般地低沉着,紧压着,不知为什么忽然记起了鲁迅先生一句旧诗,"曾经秋肃临天下",反复了多时,以后的是什么,却记不起来了。

# 秋日风景画

◎穆木天

## 一

狂风暴雨从海上吹来。大的都市如死了一样。除了时时送来的几口汽车声,火车拉笛声,若有若无的电车响动,再听不见什么都市的声音了。叫卖的声音,扯着闹着的儿童们的喧嚣声,是再也听不见了。如狂波怒涛般的大都市,如鼎沸一般的大都市,现在好像是停止了动作。生命跃动的都市好像变成为一座死城。

只是狂风暴雨在咆哮着,在这"九一八"的夜间。可是,在日间,在太阳旗之下,日本在欢声雷动地庆祝着"九一八"纪念。而殖民地的民众却是屏声息气地连反对的声音都不敢公然地吐出来。而不到夜间,又袭来了暴风雨。刮得无家可归,暴尸于荒郊野外的,真不知有几何人。狂风暴雨好像更加清楚了压迫者之面貌的猛恶。在这"九一八"的夜间,只是狂风暴雨在咆哮着。

在这个不安的夜里,对着沉沉欲坠的黑暗的巨幕,听着吼吼的风雨声,傍着依稀的灯光,我回想到一幅一幅的秋日的风景画。

## 二

那时,我是一个天真的孩子。是八岁,也许是九岁。

风景,是我的故乡的野外。是秋日萧瑟的景象。

时间,是日俄战后,由于南满铁道之开发,乡间的一部分人相当地富裕起来的时代。

那个时候,我的家庭是相当地安适。我一个人读书。

一天,我跑到野外去了。

高粱,"晒了红米"了。小河的边上的草,枯黄了。满山秋色。牧童在放着牲畜。出了学房,到了野外,使我感到无限地舒畅。

那时,是天下太平,没有土匪,也没棒子手(劫道的)。夏天,我们可以到山里打杏,采芍药、百合、狼尾蒿。在那树木关门的时节,都是一无所惧的。何况,现在是秋天呢。沿着小路,我不觉地走到牧童们相聚的所在。

牧童们都像是天真的。都是街头街尾左右近邻的孩子们,他们认识我,他们向我打招呼。

——哎,大家烧毛豆好么,我,笑眯眯地,向他们要求。

——好罢!大家像是赞成我的意见似的。

大家到邻近的豆地中折了些毛豆。拾了些干柴枯草,弄了一把火。不一会儿,毛豆啪啪地燃起来了。

烧熟了毛豆,大家分着吃了一顿。都是非常地高兴的。一边吃着,一边说着。

吃烧包米(玉黍)的风味,和吃烧毛豆的风味,是我永不能忘记的。

可是，自由地，在山野中吃烧毛豆的那一次，是最愉快的。但是那种世界，现在哪里去了？

三

又是一幅秋天的风景画。是在北方，可不是我的故乡。

是在天津卫。天津卫，是伟大的名字"一京，二卫，三通州"。那给了我无限的憧憬，在我的少年时代。

天津又称作"北洋"。那是更引起我的幻想。在故乡中学的教室里，时常这样设想。"北洋"是一片汪洋，是在海的旁边的一座蜃楼般的都市。索性是一片汪洋中还涌着几只绵羊。

到了天津卫，觉得倒也不错。但是，不是海滨上的幻影的城池，而是沙漠中的一片尘烟扑地的街市。

听说有一个紫竹林，自己总以为是一座竹林，是一片紫色。好像是观音菩萨住在那个处所。但是没有去过。

秋日里，在野外散步，是一种乐趣。两三位朋友在一起，绕着野外小径，谈着灵修问题，或谈着自然科学的学习，是非常地适意。

一天的情景又到在我的目前了。那是乘船到黄家坟去。是学校青年会举行的秋季旅行。

在黄沙飞腾的天津生活，苦的是缺少水。虽然那一道海河，是一带浊流，但是离开了满目黄沙的南开，到了河的中流，溯流而上，大家，你唱我和地，唱着歌，也是一种说不出的快乐。

看着熙熙攘攘的街市，望着西沽的教室，想象着要去的那个所在，心中是别有天地的。

黄家坟自然是初秋的景象啦。虽然秋日非常地和煦,但已令人感到白杨萧萧了。从船上望去,无数的白杨,拱抱着一块坟地。四边是满目的田畴。

大家席地而坐地吃野餐,谈话。随着,四散地,玩去了。

一望无边的莽原,使我更感到茫茫禹域之广大。我感谢上帝。我想象着在这块平原上,将林立起工厂的烟囱。烟囱里的烟直冲云霄,机器的响动轰震四野。我想象着我是一个工程师。我想来想去,看着地形,想起几何的公式来了。可是我的工程师的梦未能实现,我所想的那些工厂的烟囱与机械也未有产生出来。那一个世界是在怎样的条件下才能实现呢?

## 四

又是一幅的秋天的风景画。是在日本京都的吉田山上。

是一座神社,在吉田山的东麓上。神社是盖覆在吉田山的绿树浓荫之下。神社前边,是一条长的石头的阶段,直通到山下边的马路。马路那边就是古刹真如堂。

在薄暮的时节,我同T并坐神社中的石凳上。T君是我的高一级的同学,同时,是文学上的朋友。

真如堂在绿树苍郁之中露出来他的尖颠。远远地,在东山这边的山谷中的人家的屋顶上,还余着断续的炊烟。

夜幕越发地坠下来了。空中,时时地,度过着一只飞鸟。

T君又想做拜伦,又想做维特。夏天,他去过宫津,在庙里结识了一位少女TY。

T君总向我谈他的理想:哥德一生有过十四个爱人。但

是他在宫津遇见过一个。我则是望洋兴叹。

我们的话题总是"美化人生,情化自然"。从艺术讲到恋爱,从恋爱讲到艺术。讲来讲去,他总是煽动,我总是无从问津。

那时,维特、拜伦,的确地,是我们的理想人物。

空抱着理想,怎能实现呢?这又是问题了。

于是忧郁了。但不是幻灭。不能实现的热望,不住的憧憬,我那时觉得是美的。

夜色朦胧,心地朦胧,一片诗意。随着,古寺中振响出来灰白色的钟声,在空气中荡漾着。

钟声止了。我们又到在薄冥的道上了。

——上哪儿去呢?我们互相地问着。

一边说着,不知不觉地,顺着小径走下去了。

夜色是朦胧的,心地更是朦胧的。

心里永远是充满着爱的憧憬。

理想是能实现,倒是有点诗意。秋的薄冥像是微笑地在安慰我。

这种的朦胧的心情,当时是深深地藏在我的心底。我总是在这种忧郁气氛中生存着。

这种心情现在是成为了云烟消散了。

## 五

又是一幅秋景。是在伊豆半岛的伊东町。

受了一点精神上的苦痛。S君劝我暑中同他到了海岸上。

到的时候是炎夏,但是深深地给我印象的是初秋。

伊东的初秋,是一个深可怀恋的追忆哟。

肥胖而有肉感的少女静江!她是给了如何地深刻的印象啊!

日本的少女,点缀在初秋的田园风景中,是如何地优美呀!

伊东川上,我游玩遍了罢!我在它的源头读过维尼的诗篇。

伊东桥畔,我欣赏够了罢!我在它的苍翠的树丛之中,赏玩了皎洁如练的河中的涟漪。

伊东的山头、田间、海岸,都有了我的足迹。我的鞋底到处都给踏上了烙印了。

而特别的是它的夜间的灰黄的道上,是最令我怀念的。我真不知有几千百次地追逐着伊人的歌声,伊人大概是同S在散步。

一天夜里,真是百分地不安了。夜里,在楼下温泉里洗了一个澡,随着就出了门奔海滨去了。

那是九月初的天气,微有凉意。

夜是静静的。涛声和山中的微风声相应和着。一湾碧海。遥遥地,海面上,散布着一些渔火,在闪烁着。

在各外散在的人家,都关门闭户地在鼾睡着。小的过路的茶店也都关了板儿,外边只剩了几张空床。

我一边望着渔火,听着风声,一边地默默地往前走着。在那一条平滑的灰白的仄道上,往前奔着,心里像有无限的憧憬。

到了伊东和纲代之间的山陵的顶峰上,东方已滚出来朝阳。茶店已开始营业了。

饮了一杯茶,吃了两个蛋,登了高峰,我长时间地把初秋

的海观赏了一下。

到了纲代,在船码头流连了一阵。看见了下船的下了来,上船的上了去,汽笛呜呜地一声,船向着大海驶去,我又就了向热海的路。

走了不远的平坦的海滨的沙路,又是山路了。山路是更崎岖得多了。虽然有些疲乏,但仍是向热海走去。

到了热海,日已西斜。倒是有点失望。再往向走,像是无处可去了。再不想去瞻仰那"锦浦归航"等等的名胜了。

到了旅途的终点,旅人感到了像是没有出路。看看帖包中只有回伊东的船费和一点零钱,于是吃了一餐便饭,想了一阵,玩了一阵,就乘着汽船又折回了伊东。

这一次回到伊东,好如常胜将军之凯旋。傲然地立在船头,俯瞰着海水,而特别是将近伊东码头之际,自己感到真像是做了惊天动地的大事业。

——我们以为你自杀了呢。房东老太太、静江、S,都向我说,在我回到家中之时。

我笑了一笑,点了点头儿。

——山里、河边、海岸,都找遍了呢。接着他们又说。

——到热海去了。我微笑着走上楼去。

那一天,是我最可怀念的。那种恋爱的幻灭,是可宝贵的,那种放浪的旅途是可宝贵的。

现在,回忆起来,是另一个世界了。

## 六

又是一幅秋天的风景画。是在墙子河畔。

回到中国,由广州飘泊到燕京。由燕京又飘泊到天津。

但是这一次安身的场所,却是墙子河畔。

墙子河畔,是我们先未曾去过的所在。说起它的内景,是异常有风致的。

那不是北海那样的绿户朱栏。又不是故宫那样的颓城腐水。那是另一种风景。

是一条河,河里有无数的货艇。岸上是些破落户的商店。是卖烧饼的,卖切糕的。往来的,除了少数之外,人都是短衫露膊,做苦工的,撑船的乡下汉。

但是河边的马路,是南达南开大学,北通日本租界。南开大学远远在望。北行半里,即到了五步一楼十步一阁的租界了。

在不夜的都市之近旁,有这样墙子河一带的所在。那构成了一个很有趣的对照。

我去的时候是初秋,墙子河已现出凄凉的秋色了。北京城中所没有的萧条。

那种惨澹的秋的田野,展开在河的两岸,十足地,表现出农村没落的现象。

学校是日本人办的——为着生活,朋友介绍到那里避避难。但是在那里,我看见在北京的"宫廷社会"中所见不到的现实。

学校的日本教员过着优游的生活,时时在学校宿舍前的小林中聚着野餐,清洁整齐地整理了他所住的区域;但中国的教员的住所之前,则是灰尘狼藉,只是他们对于日本教员则是低首下心,唯恭唯敬的。

虽然学校四围皆水,岸边匝以树墙,如住在别庄里似的,

但是,那则越令我在那里住不下去了。

满目疮痍,到处矛盾,使我的忧郁的悲哀消散了。

我脱开了那个环境。我知道我以往是住在空想的世界,虚构的世界。而今后现实的世界等待着我去踏进呢。

## 七

又是一幅秋天的风景画。是在船厂。

船厂是我的故乡的都会。我们叫做吉林,可是乡下人却只知道船厂。

是一九三〇年的秋天。是"九一八"的前一年。

在东北,秋天是来得很快的。夏天过去,马上就一雨成秋了。

那时,我住在北山附近的吉大寄宿舍中。每天,是要同Z君到北山散步的。

初秋,树叶已最枯黄而欲坠了。登了北山,遥望松花江上,来往坐船的人已经稀少了。江南岸,已将满地是衰草了。

这天,同赴北山散步的,不是Z君,而是C君和H君。

步上了山道,登在庙宇前的栏杆上,瞰视着长而如带的松花江。

城里是烟雾沉沉的。

这一年,是多事之秋。就是赏玩风景,大家都是时常谈到国事。而且这一年教育界也是多事之秋。

"吉敦铁路与吉海铁路之接轨,日本是在阻止着的。"

"南满铁路,是一天一天地,损失受得多,'赤字'是有加无已的。"

"日本明年是一定要武力修吉会路,总是要干一下子的。"

"农村一天一天破产,卖地都没人要,种了一年地还得叫借贷。"

这一类的话语,是我们所谈论的题目。我们总直觉到有什么事变将要临头了。

说着,穿过庙宇,到了庙后的盘道上。顺着盘道,向着西边山头上的亭子走下去了。

四外是夕暮朦胧。各个山头上,笼罩着烟霭。在山道上,望远处眺望着,好像感到农村是要越发迅速地没落了。

转到西边的山头上,在亭子四周走着,远望着。

满铁公所的建筑物,耸立在松花江的北岸上,如吃人的巨兽似的。

山窝中,几家茅舍,一条崎岖的道路。在那个山村中,一切像是害着黄瘦病。

——只有民众起来……好像谁在叨咕着。

转回身来一看,亭子的石墙上,新新的油墨写着:"第二次世界战争……"

日本的压迫日烈,可是新的势力日益增长。这是"九一八"的前夜。

那是一幅秋的风景画。可是那一个多事之秋,回忆起来,印象是非常深刻的!

## 八

"九一八"事变不出人预料地爆发了。一年!两年!现在是两周年纪念了。

日本天天在向中国民众示威。在狂风暴雨中,我们想象一下他的残暴和凶狠罢。

可是,在一方面,东北却成了新局势,民众武装起来,要作决死战了。

大都市是如同死城一般。可是民众在"死之国"中,却要拼着最后的老命呢。

这是新的开始,这是新的开始。

# 秋

◎丰子恺

我的年岁上冠用了"三十"二字,至今已两年了。不解达观的我,从这两个字上受到了不少的暗示与影响。虽然明明觉得自己的体格与精力比二十九岁时全然没有什么差异,但"三十"这一个观念笼在头上,犹之张了一顶阳伞,使我的全身蒙了一个暗淡色的阴影,又仿佛在日历上撕过了立秋的一页以后,虽然太阳的炎威依然没有减却,寒暑表上的热度依然没有降低,然而只当得余威与残暑,或者霜降木落的先驱,大地的节候已从今移交于秋了。

实际,我两年来的心情与秋最容易调和而融合。这情形与从前不同。在往年,我只慕春天。我最欢喜杨柳与燕子。尤其欢喜初染鹅黄的嫩柳。我曾经名自己的寓居为"小杨柳屋",曾经画了许多杨柳燕子的画,又曾经摘取秀长的柳叶,在厚纸上裱成各种风调的眉,想象这等眉的所有者的颜貌,而在其下面添描出眼鼻与口。那时候我每逢早春时节,正月二月之交,看见杨柳枝的线条上挂了细珠,带了隐隐的青色而"遥看近却无"的时候,我心中便充满了一种狂喜,这狂喜又立刻变成焦虑,似乎常常在说:"春来了!不要放过!赶快设法招待它,享乐它,永远留住它。"我读了"良辰美景奈何天"等句,曾经真心地感动。所有古人都太息一春的虚度,前车可鉴!

到我手里决不放它空过了。最是逢到了古人惋惜最深的寒食清明，我心中的焦灼便更甚。那一天我总想有一种足以充分酬偿这佳节的举行。我准拟作诗，作画，或痛饮，漫游。虽然大多不被实行；或实行而全无效果，反而中了酒，闹了事，换得了不快的回忆；但我总不灰心，总觉得春的可恋。我心中似乎只有知道春，别的三季在我都当作春的预备，或待春的休息时间，全然不曾注意到它们的存在与意义。而对于秋，尤无感觉：因为夏连续在春的后面，在我可当作春的过剩；冬先行在春的前面，在我可当作春的准备；独有与春全无关联的秋，在我心中一向没有它的位置。

　　自从我的年龄告了立秋以后，两年来的心境完全转了一个方向，也变成秋天了。然而情形与前不同：并不是秋日感到像昔日的狂喜与焦灼。我只觉得一到秋天，自己的心境便十分调和。非但没有那种狂喜与焦灼，且常常被秋风秋雨秋色秋光所吸引而融化在秋中，暂时失却了自己的所在。而对于春，又并非像昔日对于秋的无感觉。我现在对于春非常厌恶。每当万象回春的时候，看到群花的斗艳，蜂蝶的扰攘，以及草木昆虫等到处争先恐后地滋生繁殖的状态，我觉得天地间的凡庸、贪婪、无耻，与愚痴，无过于此了！尤其是在青春的时候，看到柳条上挂了隐隐的绿珠，桃枝上着了点点的红斑，最使我觉得可笑又可怜。我想唤醒一个花蕊来对它说："啊！你也来反复这老调了！我眼看见你的无数的祖先，个个同你一样地出世，个个努力发展，争荣竞秀；不久没有一个不憔悴而化泥尘。你何苦也来反复这老调呢？如今你已长了这孽根，将来看你弄娇弄艳，装笑装颦，招致了蹂躏、摧残、攀折之苦，而步你的祖先们的后尘！"

实际,迎送了三十几次的春来春去的人,对于花事早已看得厌倦,感觉已经麻木,热情已经冷却,决不会再像初见世面的青年少女地为花的幻姿所诱惑而赞之、叹之、怜之、惜之了。况且天地万物,没有一件逃得出荣枯、盛衰、生灭、有无之理。过去的历史昭然地证明着这一点,无须我们再说。古来无数的诗人千篇一律地为伤春惜花费词,这种效颦也觉得可厌。假如要我对于世间的生荣死灭费一点词,我觉得生荣不足道,而宁愿欢喜赞叹一切的死灭。对于前者的贪婪、愚昧,与怯弱,后者的态度何等谦逊、悟达,而伟大!我对于春与秋的舍取,也是为了这一点。

夏目漱石三十岁的时候,曾经这样说:"人生二十而知有生的利益;二十五而知有明之处必有暗;至于三十的今日,更知明多之处暗亦多,欢浓之时愁亦重。"我现在对于这话也深抱同感;同时又觉得三十的特征不止这一端,其更特殊的对于死的体感。青年们恋爱不遂的时候惯说生生死死,然而这不过是知"死"的一回事而已,不是体感。犹之在饮冰挥扇的夏日,不能体感到围炉拥衾的冬夜的滋味。就是我们阅历了三十几度寒暑的人,在前几天的炎阳之下也无论如何感不到浴日的滋味。围炉、拥衾、浴日等事,在夏天的人的心中只是一种空虚的知识,不过晓得将来须有些事而已,但是不能体感它们的滋味。须得入了秋天,炎阳逞尽了威势而渐渐退却,汗水浸胖了的肌肤渐渐收缩,身穿单衣似乎要打寒噤,而手触法兰绒觉得快适的时候,于是围炉、拥衾、浴日等知识方能渐渐融入体验界中而化为体感。我的年龄告了立秋以后,心境中所起的最特殊的状态便是这对于"死"的体感,以前我的思虑真疏浅!以为春可以常在人间,人可以永在青年,竟完全没有想

到死。又以为人生的意义只在于生,而我的一生最有意义,似乎我是不会死的。直到现在,仗了秋的慈光的鉴照,死的灵气钟育,才知道生的甘苦悲欢,是天地间反复过亿万次的老调,又何足珍惜?我但求此生的平安的度送与脱出而已。犹之罹了疯狂的人,病中的颠倒迷离何足计较?但求其去病而已。

我正要搁笔,忽然西窗外黑云弥漫,天际闪出一道电光,发出隐隐的雷声,骤然洒下一阵夹着冰雹的秋雨。啊!原来立秋过得不多天,秋心稚嫩而未曾老练,不免还有这种不调和的现象,可怕哉!

# 秋天

◎李广田

　　生活,总是这样散文似的过去了,虽然在那早春时节,有如初恋者的心情一样,也曾经有过所谓"狂飙突起",但过此以往,船便永浮在了缓流上。夏天是最平常的季候,人看了那绿得黝黑的树林,甚至那红得像再嫁娘的嘴唇似的花朵,不是就要感到了生命之饱满吗?这样饱满无异于"完结",人不会对它默默地凝视也不会对它有所沉思了。那好像要烤焦了的大地的日光,有如要把人们赶进墙缝里去一般,是比冬天还更使人讨厌。

　　而现在是秋天了,和春天比较起来,春天是走向"生"的路,那个使我感到大大的不安,因为我自己是太弱了,甚至抵抗不过这自然的季候之变化,为什么听了街巷的歌声便停止了工作?为什么听到了雨滴便跑出了门外?一枝幼芽,一朵湿云,为什么就要感到了疯狂?我自恨不能和它鱼水和谐,它鼓作得我太不安定了,我爱它,然而我也恨它,即至到夏天成熟了,这才又对它思念起来。但是到了现在,这秋天,我却不记得对于春天是些什么情场了,只有看见那枝头的黄叶时,也还想:这也像那"绿柳才黄半未匀"的样子,但总是另一种意味了。我不愿意说秋天是走向"死"的路,——请恕我这样一个糊涂安排——宁可以把"死路"加给夏天,而秋天,甚至连那被

人骂为黑暗的冬天,又何尝不是走向"生"的路呢,比较起春与夏来,我说它更是走向"生"路的。我将说那落叶是为生而落,而且那冰雪之下的枝条里面正在酝酿着生命之液。而它们的沉着的力,它们的为了将来,为了生命而表现出来的这使我感到了什么呢?这样的季候,是我所最爱的了。

但是比较起冬天来呢,我却又偏爱了秋。是的,就是现在,我觉得现在正合了我的歌子的节奏。我几乎说不出秋比冬为什么更好,也许因为那枝头的几片黄叶,或是那篱畔的几朵残花,在那些上边,是比较冬天更显示了生命,不然,是在那些上面,更使我忆起了生命吧。一只黄叶,一片残英,那在联系着过去与将来吧。它们将更使人凝视,更使人沉思,更使人怀想及希冀一些关于生活的事吧。这样,人曾感到了真实的存在,过去,现在,将来,世界是真实的,人生是真实的,一切都是真实的,所有的梦境,所有的幻想,都是无用的了,无用的事物都一幕幕地掣了过去,我们要向人生静默、祈祷,来打算一些真实的事物了。

在我,常如是想:生活大非易事,然而这一件艰难的工作,我们是乐得来做的。诚然是艰难,然而也许正因为艰难才有着意义吧。而所谓"好生恶死"者,我想并非说是:"我愿生在世上,不愿死在地下。"如果不甚荒谬,我想该这样说:"我愿走在道上,不愿停在途中。"死不足怕,更不足恶,可怕而可恶的,而且是最无意味的,还不就是那停在途中吗?这样,所谓人生,是走在道上的了。前途是有着希望的,而且路是永长的。希望小的人是有福了,因为他们可以早些休息,然而他们也最不幸,因为他们停在途中了,那干脆不如到地下去。而希望大的人的呢,他们也是有福的吗?绝不,他们是更不幸的,然而人间的幸与不幸,却没有什么绝对的意义,谁知道幸的不幸与不幸之幸呢。路是永长的,希望是远大的,然而路上的荆棘呀!手脚的不利呀!这就是所谓人间的苦难了。但是这条路是要走的,因为人生就是走在道上啊,真正尝味着人生苦难的人,他才真正能知道人生的快乐,深切地感到了这样苦难与快乐者,是真的意味到了"实在的生存"者。这样,还不已经足够了吗?如果,你以为还不够,或者你并不需要这样,那我不知道你将去找什么,——是神仙呢,还是恶魔?

话,说得有些远了,好在我这篇文章是没有目的的,现在再设法拉它回来。人生是走在道上,希望是道上的灯塔,但是,在背后推着前进,或者说那常常在背后给人以鞭策的是什么呢?于此,让我们来看看这秋天吧!实在的,不知不觉地就来到秋天了,红的花已经变成了紫,紫的又变了灰,而灰的这就要飘零了,一只黄叶在枝头摇摆着,你会觉到它即刻就有堕下来的危机,而当你踽踽地踏着地下的枯叶,听到那簌簌的声息,忽而又有一只落叶轻轻地滑过你的肩背飞了下来时,你将感到了什么呢?也许你只会念道:"落了!"等到你漫步到旷野,看见那连天衰草的时候,你也许只会念道:"衰了!"然而,朋友们,你也许不曾想到西风会来得这样早,而且,也不该这样凄冷吧,然而你的单薄的衣衫,已经是很难将息的了。"全家都在秋风里,九月衣裳未剪裁",这在我,年年是赶不上时令,年年是落在了后边的。懑怨时光的无情是无用的,而更可怕的还是人生这件事吧。到此,人不能不用力地跷起了脚跟,伸长了颈项,去望一望那"道上的灯塔"。而就在这里,背后的鞭子打来了,那鞭子的名字叫做"恐怖"。生活力薄弱的我们,还不曾给"自己的生命"剪好了衣裳,然而西风是吹得够

冷的了!

  我真不愿看见那一只叶子落了下来,但又知道这叶落是一回"必然"的事,于是对于那一只黄叶就要更加珍惜了,对于秋天,也就更感到亲切。当人发现了自己的头发是渐渐地脱落时,不也同样地对于头发而感到珍惜吗?同样的,是在这秋天的时候来意味着我们的生活。春天曾给人以希望,而秋天所给的希望是更悠远些,而且秋天所给予的感应是安定而沉着,它又给了人一支恐怖的鞭子,因为人看了这位秋先生的面容时,也不由得不自己照一照镜子了。

  给了人更远的希望,向前的鞭策,意识到了生之实在的,而且给人以"沉着"的力量的,是这正在凋亡着的秋。我爱秋天,我对于这荒凉的秋天有如一位多年的朋友。

# 秋夜

◎关露

    一个秋天的晚上,我从一家戏院里出来。我看了一下表,已经十点半了,我想立刻回去,但是我的家不远,于是便用一种散步的法子走回去。

    这是一个静寂的秋天的夜里。本来秋夜是宜于散步的,因为秋天是一个可爱的天气,秋夜里有好的月亮,或者明亮的星星,有的时候,如果有一点微风的话,可以看见云彩追逐月亮。在这样的夜里,假如一个有着好的心境,好的精神与身体的人,可以选择一条静寂而有树木的街道,在晚饭以后,去走一下缓慢的步子。这样你不但可以恢复一种好的精神,还可以呼换掉一天当中所吸收进的煤烟与灰尘,可以觉到一种新兴的焕发的生命。

    但是这个秋夜不是那样一个理想的时候,天上没有月亮,也没有星星。空中飘展着微风,风当中夹着像羽毛一样的细雨。况且,因为空中下着小雨,路上还有一点泞湿。这不是一个好的散步的时候啊!

    然而我终于出来了;一个寂静的夜晚,我走在秋天的道上。

    这是一个静寂的道路,路上除开一些树木,几盏路灯,几个稀疏的行人跟人力车,还有从远远的电车道上传来的一些电车的声响而外什么也没有。

秋

  我走在微风跟细小的雨点里。我只是一个人,我是孤独的。我的身心都是孤独的。当我刚出戏院的时候,跟我一同走的还有五个人,到第一次转弯的时候就少了四个,连我自己只剩了两个人,第二次转弯就只剩了我一个,我是完全孤独的了。

  夜是凉的。风变得比原来的凄冷了。羽毛一样的细雨现在变成了大点子。我穿的是皮鞋,地下的泞湿透过我的鞋底,我的足也变得泞湿的。我虽然带着雨伞,但是雨点被风吹进我的衣袖跟领子,我的肩臂也感觉袭人的凄冷。黑夜与冷湿威逼着我,侵蚀了我的心胸;我的呼吸不能舒展,我的腰不能伸直,孤独使我变成畏怯而软弱,我感觉没有向前的毅力,前面的明灯不能吸引我,我要因可怕的威胁而瘫倒了。我想雇一辆人力车,让车子把我送到我的家里,使我达到目的的地方。然而夜已经深了,在一条黑静的道上寻不着一辆空车的影子。我愈觉得恐怖而畏怯,畏怯快要使我悲哀,我的眼睛快要流出眼泪,用眼泪表示我最后的软弱了。

  正当我走在这黑暗的街上,快用我的悲哀的眼泪表示我的软弱与畏怯的时候,从我的旁边,一条小巷子里走过一个人来。起初我觉得害怕,因为我常常害怕在黑暗的街道上遇见一个单独走的人。后来那人走近我的面前,我看清楚了他,我的心平静了。他不是一个我所想着的可怕的人,他正是跟我一样,一个在黑夜与孤独中挣扎的人。

  这个人穿了一件单薄的,只剩了一只袖子的破烂的上衣,腰上围了一块大约是用米口袋拆开来的麻布。一双破烂的鞋,脚趾露在鞋尖的外面。他的头发长而蓬乱,在黑暗里虽然看不清他的面容,但是我可以辨别出他的脸上是黄脸而带一些黝黑。他的样子不过二十岁。他是一个年轻的乞者。

于是，——这是照例的情形——等到他走到离我更近的时候，他就用一种亲切而和蔼的声音向我说：

"给两毛钱买一个大饼吃啊！"

我每天都要到街上去，当我每天出去的时候都会遇见无数的像他这样的人。在我平常遇见像他这种人的时候，我就有一种感觉，我觉着他们都是些懒惰而无聊的。在一个社会中，除开那些吃饭而不做事的阔人而外，他们也是一批寄生虫。但有的时候，我又有另一种感觉，我觉得他们都有些好的思想和灵魂，他们都有向上的心，只是由于一些阻止了我自己行为的力量阻止了他们。然而我是不愿意向他们施舍的，我以为不管我把他们看成什么，施舍总不是一种对他们，或是对于跟他们差不多的人们的一种真实的帮助。可是，也有的时候，我对他们没有感觉，——是因为见得太多而感觉着麻木了——只是对于那种怯弱与乞怜而发生厌恶。

今天呢，我却更换了一种心情：我遇见了，跟我每天都遇见的一样，一个乞者，而且是一个年轻的。他不健康，但是他没有瞎掉一只眼睛跟失去一条腿，他的面目与四肢都是健全的，他看上去没有疾病，也不作苦痛的呼号。但是我呢，我对他不像平常看见像他那种人那样的感觉，我觉着除开我对他有一种同情而外，好像还有一些什么别的。这原因是这是一个寂寞而孤冷的夜晚，我走在寂静的道路上，风雨侵袭着我，我完全是孤独的。在这时候，我旁边有一个人，他也是孤独的，他的衣服虽然跟我不一样，但也像我一样地淋湿。除此以外，我还想着他的心里一定也像我一样的感觉恐怖而畏怯，他一定也害怕着风雨与黑暗。在这样想过以后，我不觉着他是一个乞者，我觉着他是我的一个在风雨与黑夜中的同路人，我

的伴侣。也因此,我不觉得他向我发出了一种求乞的声音,他是在友谊地跟我说话,他在用亲切的声音向我说:

"朋友,我还不曾用过晚餐,但是我身上没有钱。我是新近失业的!"

他用和缓的语气要求我给他一点友谊的帮助,他不是在向我恳求施舍。

夜更深了,风刮得更加紧张,雨也下得更大了。那个乞者走得离我更近,我看得更清楚了。他的头发让雨水淋得完全湿了,因为雨水的关系,衣服粘在他的身上,他的鞋透湿了。但是他的胸背都是挺直的;他的面目黝黑而憔悴,但是他的精神是充溢的。他的样子安详而静默,他的步履很缓慢。当这样一个夜晚,黑暗与雨水威逼着,即使一个不饥饿的人也需要用急促的情绪去催促自己的步伐,要赶快寻找一个安身的处所。而他呢,仍然是走得那样缓慢,他的心像是那样和平而安静,他的态度那样大胆而没有畏怯。这时候我除开对他有以往的同情而外我竟是对他敬佩了。我想着他是什么也不怕的。

但是立刻我又想着,他走得那样缓慢不是没有原因的,他是企待有人帮助他去解决他的晚餐。于是我打开我的手皮包,掏出了三毛钱给他,这正好买一个烧饼。他伸出一只手,接过我的钱,他的手是枯黑的,发着可怕的颤抖。当他接过我的钱的时候,他抬起他黝黑的脸,用他微弱而闪光的眼睛望着我,表示出对我的感谢。这时我想他该要赶快地走了,我也加紧了我的步子,走向我的家里。我是不能跟这样一个伴侣走到底的啊!

我走了一段路,风更大了。起初我使劲用我的伞向风挣扎,因为在风里是不容易撑伞的。后来,风的力量太大,把我的伞吹得翻过来,使我不能再向前了。我只得站住,用我的力气把翻过来的伞重新翻回去,又把它关起来。然后我要再向前走的时候,那个年轻的乞者又走上来了。现在,他已经得过我的帮助,没有再向我要钱的念头,因此他不跟我走得那样近,他只走在离我不远的人行道上。然而他的态度还是那样安详,他的步子还是那样缓慢。他的身体虽然因为冷湿而发着一些轻微的颤抖,但他的精神还是充足的,好像他的身体立刻可以干燥而温暖,天立刻就要明亮,他也立刻就要见着太阳的。

我的路愈走得多,我愈感觉疲乏,因为疲乏我也愈感到孤独。我的家虽然已经离我不远,但是还需要作一阵对风雨的竞争。为着求感觉上的新奇与解除我的孤独的恐怖,我自己走到那个乞者的面前,我向他说:

"你为什么不快一点走,你不怕雨么?"

他没有回答,但是他抬起头,用发光的眼睛望了我,表示听见了我的问话。

我们两个都静默着,把我们的脸俯向地面,向着风雨挣扎。

"你往哪里去?你有睡觉的地方么?"我又问他,我总惊奇着他的安宁。

他还是没有回答。但是用他枯槁而勇敢的面容向我微笑了一下。

我又照样问了他一句。

"我现在还不知道;我想总可以找到一个地方的。"

这时候我不想再说话,我没有什么可说的。我不愿意再思想,我也没有什么可想的。也可以说,可说的与可想的事都太多,可是我当时都不愿意去么做。我只想着一件事:我不应该像刚才那样畏怯与恐怖,我不该感到寂寞与孤独,我不应

该害怕风雨与黑夜。至于为什么不应该那样,我不知道,虽然我仍旧是在畏怯,害怕着风雨与黑夜。

终于我加紧了我的步子,我走到了有路灯的地方,到了我的家门口。我回头看了一下那个乞者,他还是走得很缓慢,他已经距离我很远,不是他不追赶我,是我走得太快,把他遗在后面了。

我回了家,脱下了被雨打湿的衣裳,换上了干净而清洁的。我喝了热茶,身体变成舒适而温暖的,然后我躺到床上,盖上又厚又软的被窝。我休息了。

这时外面还在下雨,雨点打着我窗户的玻璃。风在叫号,从隔墙的树林子吹到我那天井里的枯树上。我的身体感觉困乏,然而兴奋的情绪使我不能入睡。

我想到许多事情:想着秋天,跟秋天晚上的散步。想着月亮与星星,想着有虫鸣与香气的秋草与树林子;想着刚才到过的戏院,想着风雨。想着黑夜里在街道上的恐怖与孤独,想着悲哀与眼泪。想着那个年轻的乞者,从乞者我又想着他的奇怪的勇敢与安宁。然后我又像突然地了解了他,他的行为与态度并不奇怪;因为他有许多像他那样的生活经历,所以他的态度那样安静。他在不断地追寻安歇与睡眠的地方,所以他是那样勇敢。他虽然在黑暗的风雨里,但他有一个希望,他希望看见一盏远远的明灯与明日的太阳,所以他的脸上有微笑,他的眼睛里闪出安详的光。

疲乏总是催促我入睡,但是思想仍然缠绕着我。我还是继续在想着。想着外面的风雨与那个乞者。想着寒冷与淋湿,想着悲哀与恐怖。想着会停歇的风雨,想着会完结的黑夜,想着怯懦,想着耻辱!

# 秋忆

◎邓云乡

年纪渐大,旧事增多,回忆也多,秋天来了,凉风一吹,旧事便涌上心头,有苦难,有感慨,也有欢乐、潇洒……不过幸好没有极为沉重的伤感悲痛。这一方面由于客观,一方面也由于主观。在客观上,侥幸没有亲眼见过血肉横飞的战场,没有亲身遭遇生离死别,呼天号地的场景,在动乱的几十年中,这也是得天独厚,十分幸运的了。在主观上,不招事、不惹事、不冲动,也不怕事,知道自己的分量,决不高攀显宦、志士,老老实实活着而已,自然,也时刻警惕,注意来往车辆,防止被汽车撞着……

"千秋万岁名,不如少年乐。"秋之回忆最欢乐的莫如儿时在山村故乡,虽是苦寒的地方,但秋天滱水两岸的田野、山坡,还是迷人的。记忆中十分兴奋的,一是七月十五上坟,一是八月下旬起场。七月初到七月下旬,是农村最空闲和具有希望的季节,庄稼都在吐穗的季节,田里黑黝黝的,所谓"青纱帐起",人都很难钻进去。只要山洪下来,不冲坏大坝,那下再大的雨也没有关系,所谓"六七月连阴吃饱饭",粗壮的庄稼秆,多少水分也能吸收进去……人们都等待着丰收了。北街戏台上唱秋报戏,街上都是卖瓜的,人们餐桌上,豆角、西葫芦、茄子、鲜羊肉……吃不完的秋菜,小户寒苦之家,也不会像五月

间,青黄不接时的为粮食发愁了。七月十五鬼节到了,慎终思远,家家要去上坟。秋天上坟比清明上坟有意思,随大人带上供品,骑上骡子、毛驴,由北街戏台下穿过去,绕过小河渠二三里长的小杨树林子,转入西南山中坟地,树林中那样地绿,出来时天地一下宽广,天那样蓝,山那样高,野草苍然,杂着各式野花,越走越高,回头一看,整个村子一大片蓝呀呀屋顶,都在眼底,这时陶家庵坟地也快到了……余生也晚,没有和祖父母共同生活过,只是理性的崇敬而少感性的思念,所以记忆中的上坟,是只有秋日之欢乐而少哀愁的了……

至于收秋之后,起场时的欢乐,那是另一番场景。"开轩面场圃,把酒话桑麻",乡村庄户人家,家家都有块大小不同的场面,北国冷得早,八月节一过,一般就开镰了。场面各种收割的庄稼也不停地车来了,大批的高粱、豆子、菜籽……忙碌地用连枷打着,用碌碡压着,用叉耙扬着,用风箱扇着……每天都有收拾好的新粮倒入囤中、仓中,但这都不算"起场"。一定要等谷子收完,才算"起场"。北国苦寒少水,不能种稻,因而这"起场"是粟,碾出来就是小米。山乡种杂粮,品种多,但这是主要的。起场时,金灿灿的谷子堆成一个小山,照耀在阳光中,一斗斗地量着。这斗不抹平,而是堆得很高,因为粮食湿,所以入仓时都是放宽的。起场时要很多人,亲戚朋友来帮忙,而且错开日子。今天我帮你,明天你帮我,前后不过三五天,金灿灿的谷子都收到各家仓中、囤中、瓮中了。

起场这天照例吃油炸糕、全盘、喝烧酒……大姑娘、小媳妇在厨房里忙,孩子们在场面上跑着、跳着、叫着……收场过后,场面上只剩下一垛垛堆得比房还高的谷草,这是一冬的燃料。场面上大人少了,冷清了,是孩子们玩耍的天地了——

《千字文》上两句话:"寒来暑往,秋收冬藏……"但没有几天,又都回书房中、学校中去,带着欢乐的满足,读"秋收冬藏"了。

农村破产,离山乡而远去了,做了北平的小市民,依旧是个孩子,古城秋色,满街绚丽,果子摊、莲花灯、兔儿爷……包括童年的乐欢,都被日寇侵略炮火击碎了。记忆中这年的秋天是在铅一样的压力中度过的,沉重的感觉迄今似乎仍未消失。

抗战胜利是在新秋中来临的,自己已是青年人,但物价的飞涨,生活的煎熬,人家说中国人是"惨胜",大家是终日惶惶,很快反动派垮了,解放了……过了几年,在深秋季节,我就漂泊到江南了。鱼米之乡,收入虽不多,但养活家人,过个安定日子,秋天买两斤螃蟹,孩子们能解解馋,还有些欢笑的记忆。而好景不长,不久就是持续的三年自然灾害,水浸麻绳,越来越紧……在金色的秋天里,迎来的是史无前例的文化大革命、"十年浩劫"了……漫长的岁月,数不清的牺牲,记忆中的秋是惶惶不安的、恐怖的,甚至是绝望的,直到换来改革开放的今天。

虽然再难寻觅旧时月色,但这些年的秋色还是值得回忆的。去年八月末访台归来,九月初就去了北京,住了半个月,回到上海,十月间再去,又住到黄叶纷飞,饱览了北京的金秋,其欢乐也是难忘的。九月初到了北京,车到驻地,一所树木葱郁的学校。沿着林荫道车子缓缓开着,一转弯,在宽大的庭院中,蓝色天空高渺明洁,几只秋燕飞来飞去。我大吃一惊,几十年未见面的"老朋友"了,在上海,根本看不到燕子,一个月来,香港、台北都没有见到过燕子,一到北京,便有秋燕来欢迎,多么令人惊喜呢!

一天,坐车去中央电视台,车走南面三环路,路虽宽,车虽快,但两边新建高楼,并无北京特色,在西南角一转弯,车向北开,向西一看——呀,一派西山,明媚如洗,这才是北京的秋容啊!住的房间,写字桌边上,一扇落地窗,正对两株高大的白果树,我由浓密的绿叶看到它一树金黄,衬着蓝天白云……一夜,朔风一起,晨间小路上铺满白果树柔软的落叶了……今天,我在上海回忆着去年北京的秋情,也感到无比地欢乐和欣慰,苦难的秋毕竟是历史了……

# 秋天的音乐

◎冯骥才

你每次上路出远门千万别忘记带上音乐，只要耳朵里有音乐，你一路上对景物的感受就全然变了。它不再是远远呆在那里、无动于衷的样子，在音乐撩拨你心灵的同时，也把窗外的景物调弄得易感而动情。你被种种旋律和音响唤起的丰富的内心情绪，这些景物也全部神会地感应到了，它还随着你的情绪奇妙地进行自我再造，你振作它雄浑，你宁静它温存，你伤感它忧患，也许同时还给你加上一点人生甜蜜的慰藉，这是真正知友心神相融的交谈……它河湾、山脚、烟光、云影、一草一木，所有细节都浓浓浸透你随同音乐而流动的情感，甚至它一切都在为你变形，一幅幅不断变换地呈现出你心灵深处的画面。它使你一下子看到了久藏心底那些不具体、不成形、蒙眬模糊或被时间湮没了的影像。于是你更深深坠入被感动的漩涡里，享受这画面、音乐和自己灵魂三者融为一体的特殊感受……

秋天十月，我松松垮垮套上一件粗线毛衣，背个大挎包，去往东北最北部的大兴安岭。赶往火车站的路上，忽然发觉只带了录音机，却把音乐磁带忘记在家，恰巧路过一个朋友的住处，他是音乐迷，便跑去向他借。他给我一盘说是新翻录的，都是"背景音乐"。我问他这是什么曲子，他怔了怔，看我

一眼说：

"秋天的音乐。"

他多半随意一说，搪塞我。这曲名，也许是他看到我被秋风吹得松散飘扬的头发，灵机一动得来的。

火车一出山海关，我便戴上耳机听起这秋天的音乐。开端的旋律似乎熟悉，没等我怀疑它是不是真正地描述秋天，下巴发懒地一蹭粗软的毛衣领口，两只手搓一搓，让干燥的凉手背给湿润的热手心舒服地摩擦摩擦，整个身心就进入秋天才有的一种异样温暖甜醉的感受里了。

我把脸颊贴在窗玻璃上，挺凉，带着享受的渴望往车窗外望去，秋天的大自然展开一片辉煌灿烂的景象。阳光像钢琴明亮的音色洒在这收割过的田野上，整个大地像生过婴儿的母亲，幸福地舒展在开阔的晴空下，躺着，丰满而柔韧的躯体！从麦茬里裸露出浓厚的红褐色是大地母亲健壮的肤色；所有树林都在炎夏的竞争中把自己的精力膨胀到头，此刻自在自如地伸展它优美的枝条；所有金色的叶子都是它的果实，一任秋风翻动，煌煌夸耀着秋天的富有。真正的富有感，是属于创造者的；真正的创造者，才有这种潇洒而悠然的风度……一只鸟儿随着一个轻扬的小提琴旋律腾空飞起，它把我引向无穷纯净的天空。任何情绪一入天空便化作一片博大的安寂。这愈看愈大的天空有如伟大哲人恢宏的头颅，白云是他的思想。有时风云交汇，会闪出一道智慧的灵光，响起一句警示世人的哲理。此时，哲人也累了，沉浸在秋天的松弛里。它高远，平和，神秘无限。大大小小、松松散散的云彩是他思想的片断，而片断才是最美的，无论思想还是情感……这千形万状精美的片断伴同空灵的音响，在我眼前流过，还在阳光里洁白耀眼。那乘着小提琴旋律的鸟儿一直钻向云天,愈高愈小,最后变成一个极小的黑点儿,忽然"噗"地扎入一个巨大、蓬松、发亮的云团……

我陡然想起一句话:

"我一扑向你,就感到无限温柔啊。"

我还想起我的一句话:

"我睡在你的梦里。"

那是一个清明的早晨,在实实在在酣睡一夜醒来时,正好看见枕旁你蒙眬的、散发着香气的脸说的。你笑了,就像荷塘里、雨里、雾里悄然张开的一朵淡淡的花。

接下去的温情和弦,带来一片疏淡的田园风景。秋天消解了大地的绿,用它中性的调子,把一切色泽调匀。和谐又高贵,平稳又舒畅,只有收获过了的秋天才能这样静谧安详。几座闪闪发光的麦秸垛,一缕银蓝色半透明的炊烟,这儿一棵那儿一棵怡然自得站在平原上的树,这儿一只那儿一只慢吞吞吃草的杂色的牛。在弦乐的烘托中,我心底渐渐浮起一张又静又美的脸。我曾经用吻像画家用笔那样勾勒过这张脸:轮廓、眉毛、眼睛、嘴唇……这样的勾画异常奇妙,无形却深刻地记住。你嘴角的小涡、颤动的睫毛、鼓脑门和尖俏下巴上那极小而光洁的平面……近景从眼前疾掠而过,远景跟着我缓缓向前,大地像唱片慢慢旋转,耳朵里不绝地响着这曲人间牧歌。

一株垂死的老树一点点走进这巨大唱片的中间来。它的根像唱针,在大自然深处划出一支忧伤的曲调。心中的光线和风景的光线一同转暗,即使一湾河水强烈的反光,也清冷,也刺目,也凄凉。一切阴影都化为行将垂暮秋天的愁绪;萧疏的万物失去往日共荣的激情,各自挽着生命的孤单;篱笆后一

朵迟开的小葵花,像你告别时在人群中伸出的最后一次招手,跟着被轰隆隆前奔的列车甩到后边……春的萌动、颤栗、骚乱,夏的喧闹、蓬勃、繁华,全都消匿而去,无可挽回。不管它曾经怎样辉煌,怎样骄傲,怎样光芒四射,怎样自豪地挥霍自己的精力与才华,毕竟过往不复。人生是一次性的;生命以时间为载体,这就决定人类以死亡为结局的必然悲剧。谁能把昨天和前天追回来,哪怕再经受一次痛苦的诀别也是幸福,还有那做过许多傻事的童年,年轻的母亲和初恋的梦,都与这老了的秋天去之遥远了。一种浓重的忧伤混同音乐漫无边际地散开,渲染着满目风光。我忽然想喊,想叫这列车停住,倒回去!

突然,一条大道纵向冲出去,黄昏中它闪闪发光,如同一支号角嘹亮吹响,声音唤来一大片拔地而起的森林,像一支金灿灿的铜管乐队,奏着庄严的乐曲走进视野。来不及分清这是音乐还是画面变换的原故,心境陡然一变,刚刚的忧愁一扫而光。当浓林深处一棵棵依然葱绿的幼树晃过,我忽然醒悟,秋天的凋谢全是假相!

它不过在寒飙来临之前把生命掩藏起来,把绿意埋在地下,在冬日的雪被下积蓄与浓缩,等待下一个春天里,再一次加倍地挥洒与铺张!远远山坡上,坟茔,在夕照里像一堆火,神奇又神秘,它那里是埋葬的一具尸体或一个孤魂?既然每个生命都在创造了另一个生命后离去,什么叫做死亡?死亡,不仅仅是一种生命的转换,旋律的变化,画面的更迭吗?那么世间还有什么比死亡更庄严、更神圣、更迷人!为了再生而奉献自己的伟大的死亡啊……

秋天的音乐已如圣殿的声音;这壮美崇高的轰响,把我全部身心都裹住、都净化了。我惊奇地感觉自己像玻璃一样透明。

　　这时,忽见对面坐着两位老人,正在亲密交谈。残阳把他俩的脸晒得好红,条条皱纹都像画上去的那么清楚。人生的秋天!他们把自己的青春年华、所有精力为这世界付出,连同头发里的色素也将耗尽,那满头银丝不是人间最值得珍惜的吗?我瞧着他俩相互凑近、轻轻谈话的样子,不觉生出满心的爱来,真想对他俩说些美好的话。我摘下耳机,未及开口,却听他们正议论关于单位里上级和下级的事,哪个连着哪个,哪个与哪个明争暗斗,哪个可靠和哪个更不可靠,哪个是后患而必须……我惊呆了,以致再不能听下去,赶快重新戴上耳机,打开音乐,再听,再放眼窗外的景物,奇怪!这一次,秋天的音乐,那些感觉,全没了。

　　"艺术原本是欺骗人生的。"

　　在我返回家,把这盘录音带送还给我那朋友时,把这话告他。

　　他不知道我为何得到这样的结论,我也不知道他为何对我说:

　　"艺术其实是安慰人生的。"

## 秋天的怀念

◎史铁生

双腿瘫痪后,我的脾气变得暴怒无常。望着望着天上北归的雁阵,我会突然把面前的玻璃砸碎;听着听着李谷一甜美的歌声,我会猛地把手边的东西摔向四周的墙壁。母亲就悄悄地躲出去,在我看不见的地方偷偷地听着我的动静。当一切恢复沉寂,她又悄悄地进来,眼边红红的,看着我。"听说北海的花儿都开了,我推着你去走走。"她总是这么说。母亲喜欢花,可自从我的腿瘫痪后,她侍弄的那些花都死了。"不,我不去!"我狠命地捶打这两条可恨的腿,喊着:"我可活什么劲儿!"母亲扑过来抓住我的手,忍住哭声说:"咱娘儿俩在一块儿,好好儿活,好好儿活……"

可我却一直都不知道,她的病已经到了那步田地。后来妹妹告诉我,她常常肝疼得整宿整宿翻来覆去地睡不了觉。

那天我又独自坐在屋里,看着窗外的树叶唰唰啦啦地飘落。母亲进来了,挡在窗前:"北海的菊花开了,我推着你去看看吧。"她憔悴的脸上现出央求般的神色。"什么时候?""你要是愿意,就明天?"她说。我的回答已经让她喜出望外了。"好吧,就明天。"我说。她高兴得一会儿坐下,一会儿站起:"那就赶紧准备准备。""哎呀,烦不烦?几步路,有什么好准备的!"她也笑了,坐在我身边,絮絮叨叨地说着:"看完菊花,咱们就去'仿膳',你小时候最爱吃那儿的豌豆黄儿。还记得那回我带你去北海吗?你偏说那杨树花是毛毛虫,跑着,一脚踩扁一个……"她忽然不说了。对于"跑"和"踩"一类的字眼儿,她比我还敏感。她又悄悄地出去了。

她出去了,就再也没回来。

邻居们把她抬上车时,她还在大口大口地吐着鲜血。我没想到她已经病成那样。看着三轮车远去,也绝没有想到那竟是永远的诀别。

邻居的小伙子背着我去看她的时候,她正艰难地呼吸着,像她那一生艰难的生活。别人告诉我,她昏迷前的最后一句话是:"我那个有病的儿子和我那个还未成年的女儿……"

又是秋天,妹妹推我去北海看了菊花。黄色的花淡雅,白色的花高洁,紫红色的花热烈而深沉,泼泼洒洒,秋风中正开得烂漫。我懂得母亲没有说完的话。妹妹也懂。我俩在一块儿,要好好儿活……

## 姑苏台畔秋光好

◎周瘦鹃

秋光好,正宜出游,秋游的乐趣,实在不让春游,这就是苏东坡所谓"一年好景君须记,正是橙黄橘绿时"啊!笔者年来隐居姑苏台畔,天天以灌园为事,厮守着一片小园,与花木为伍,简直好像是井底之蛙,所见不广,几几乎不知天地之大,更不知有秋游之乐了。前天老友赵君豪兄海上书来,问我要秋游之作,一时却怔住了,无以报命,再把来书从头细读一下,这才松了一口气,原来他因为我住在苏州,特地要我说说苏州的秋日风光,为倡导各方士女来苏游览之计,这题目真出得再迁就也没有了。笔者食毛践土,原感激着苏州的待我不薄,当此国是蜩螗、民生凋敝之际,苏州也不能例外的在日就衰落,那么笔者正该尽一些宣传的义务,多拉些行有余力的游客来,使苏州一年年的长保繁荣,长享天堂的令誉。

笔者虽生长上海,而原籍却是山温水软的苏州,三代祖先,也都葬在苏州的七子山下,冥冥中倒像把我的一颗心儿绊住了。所以当我没有把家搬回苏州以前,先就爱着苏州,到得搬回苏州之后,那就更加的爱上了苏州。这些年来,我衣于斯,食于斯,歌哭于斯。二十六年[①]以后的九年间,虽为了避

---

① 1937年。

倭寇而流亡在外,却还是朝朝暮暮的想念着苏州。胜利后三月,我居然欢天喜地的重返苏州了,在经过了一重重的国难家难之后,居然能留得微命,归隐故园,学着那位不为五斗米折腰的陶渊明,只因我偏爱着苏州,也就心甘情愿的打算老死牖下了。当二十六年冬间避寇皖南黟县的南屏山村时,曾作了不少怀念苏州、歌颂苏州的诗词,绝句中如"我亦他乡权作客,寒衾夜夜梦苏州","瞥眼春来花似海,魂牵梦役到苏州","愿托新安江上月,照人归梦下苏州"等,都足以表示我对于苏州相思之切。又如《柳梢青》词:"七子山幽。虎丘塔古,映带清流。邓尉梅稠,天平岩峭,任尔优游。 穰穰五谷丰收。可鼓腹、诗书解忧。酒冽茶香,花娇柳媚,好个苏州。"这小令中短短的十一句,可就把苏州恭维尽了。平日读昔贤诗集,见诗中着有苏州二字的,也爱不忍释,因便集成了好几首,如集黄仲则句云:"相对空为斫地歌,酒阑萧瑟断肠多。我来惆怅斜阳里,如此苏州奈若何。"集孙子潇句云:"断肠春色消魂语,愁杀新愁接旧愁。剩有丹诚心一点,满天风雨下苏州。"集龚定盦句云:"春灯如雪浸兰舟,一夜吟魂万里愁。误我归期知几许,三生花草梦苏州。""人间无地署无愁,抛却湖山一遽秋。谁分苍凉归棹后,年来花草冷苏州。"集樊云门句云:"青霜一夕紫兰秋,小劫还悲江上楼。红烛试停今夜雨,寒轻酒浅话苏州。""一行新雁过妆楼,眉妩萧娘满镜愁。昨夜画屏清不寐,倩郎作字寄苏州。""九死宾朋涕泪真,岁寒留得后凋身。共君曾在苏州住,千日常如一日春。"这些诗句虽是人家的,而一经我凑集拢来,可就不啻若自其口出。这七首诗,全都言之有物,也足见我之想杀苏州、爱杀苏州了。

苏州虽有它的缺点,然而仍不失其为江南一个良好的住

宅区,足与杭州分庭抗礼,所谓"上有天堂,下有苏杭",就是铁一般的明证。凡是生长在苏州的人,固然爱住苏州,就是其他地方的人,也会不约而同的住到苏州来。诗人是最敏感的,他们觉得苏州好,便要歌颂起来,所谓"怪来人说苏州好,水草崖花一味香","一样江南好山水,如何到此便缠绵",这些都在给苏州作有力的宣传。而最最详细的,要算清代一位无名诗人的《吴门歌》:"吴门人住神仙地,雪月风花分四季。满城排队看行春,又见花灯来炫视。千门挂彩六街红,笙歌盈耳喧春风。歌童舞女语南北,王孙公子何西东。观灯未了兴未歇,等闲又话清明节。呼船载酒共游春,蛤蜊市上争尝新。吴塘穿绕过横塘,虎丘灵岩复玄墓。菖蒲泛酒过端午,龙舟相呼喧竞渡。提壶挈盒归去来,南河又报荷花开。锦云乡中漾舟去,美人压鬓琵琶钗。玉颜皓齿声断续,翠纱汗彩红映肉。金刀剖破水晶瓜,冰山影里颜如玉。火云一天消未已,桐阴忽报秋风起。鹊桥牛女渡银河,乞巧人排明月里。南楼雁过是中秋,飒然毛骨冷飕飕。左持蟹螯右持酒,不觉今朝早重九。登高又向天池岭,桂花万树天香浮。一年好景最斯时,橘绿橙黄洞庭有。满园还剩菊花枝,雪片横飞大如手。安排暖阁开红炉,敲冰洗盏烘牛酥。寸薑饼兮千金果,黑貂裘兮红氍毹。一年四季恣欢娱,那知更有饥寒苦。"诗虽俚俗,却可作一部苏州四时风土记读,而太平盛世的赏心乐事,几乎尽在其中,也足见苏州人的太会享受了。此外还有清代词人沈朝初的三十馀阕《忆江南》,每一阕都以"苏州好"三字开端,写尽了苏州一切的风土人情,以至饮食男女等,几于无一不好,真可谓尽其大吹大擂的能事。现在的苏州,究竟经过了十年大劫,民穷财尽,物力维艰,再也够不上诗人词客所抒写的那么好了,然而风土的清嘉，还是值得我们称颂的。我们倘从海上来，只须跨下火车，就觉得换过了一种空气，使人的呼吸特别的舒服。当此八九月已凉天气未寒时，无论是一片风，一丝雨，一抹阳光，都会给你一种温柔爽快的感觉，是俗尘万丈中所不易得到的。苏州的小巷最多，配着柳巷、紫兰巷、幽兰巷等诗意的名字，全是曲曲弯弯的，正如小说故事、电影故事一样的曲折有味。你在秋天风日晴美的时光走过时，往往有桂花香若有意若无意的送进你的鼻管，原来是从人家的园子里飘出来的，端为苏州多旧家，旧家多庭园，而庭园中总得有一二株桂树与玉兰、海棠、牡丹为配，取玉堂富贵之意，因此你秋天走过那些门墙之外，鼻子里就常常有这种意外的享受了。

## 佳品尽为吴地有

苏州是稻米乡，也是鱼虾之乡，所以"吃在苏州"，也是有口皆碑的。无论果蔬鱼鲜，四季不断的由农人、贩子出来担卖，一季有一季的时新货，称为"卖时新"。清代赵筠《吴门竹枝词》云："山中鲜果海中鳞，落索瓜茄次第陈。佳品尽为吴地有，一年四季卖时新。"若以秋季的时新而言，那么莲子和藕上市之后，就有南荡鸡头追踵而来了。鸡头即是新鲜的芡实，以出在黄天荡的为上品，又糯又韧又清香，剥去了表皮，只须加了水和白糖略略一煮，即可上口，实是清秋最隽永的点心。沈朝初《忆江南》词云："苏州好，葑水种鸡头。莹润每疑珠十斛，柔香偏爱乳盈瓯。细剥小庭幽。"此外便是各种菱的天下，小型的有沙角菱、圆角菱，大型的有水红菱、馄饨菱，先后出来应市，无论生吃熟吃，都很可口。沈朝初又有这么一首咏菱的：

"苏州好,湖面半菱窠。绿蒂戈窑长荡美,中秋沙角虎丘多。滋味赛薪婆。"再说到鱼鲜,那么鲃肺汤已在筵席上出现了,只因为右任氏作了"……多谢石家鲃肺汤"一首诗,四方游客都以为只有木渎石家饭店的鲃肺汤做得好,其实苏州城内外菜馆中的鲃肺汤,全是挺好的。到了九十月间,阳澄湖蟹横行市上,声势最是浩大,更有鲈鱼也来凑趣,因此沈朝初又要抓作词料了:"苏州好,莼脍忆秋风。巨口细鲈和酒嫩,双螯紫蟹带糟红。菘菜点羹浓。"至于苏州擅长的各种粗细点心,那么你只要蹓跶一下观前街,随喜一趟玄妙观,尽由你挑上甜的咸的一样一样的大嚼,也许是别处所吃不大到的。再说到筵席,谁也忘不了苏州颇颇有名的船菜,往年夏桂林的画舫,能办上一席挺好的船菜,可惜现在已烟消火灭了,继之而起的有金家画舫和王家画舫,常泊在胥门外万年桥畔,他们的船菜虽未必胜过夏桂林,却也值得去尝试一下的。游客们要是逢了风雨之天,不高兴出去游山玩水,那就不妨尝尝酒冽茶香的风味。喝酒的去处,以宫巷的元大昌为最热闹,常有人家妇女提篮携榼的把家常小菜来供人下酒,风味绝美。吃茶的去处,则以太监弄的吴苑深处为最方便,更有各种点心和零食,足快朵颐。要是吃过了茶接着喝酒而又喜欢环境清静一些的,那么宫巷碧凤坊的吴江同乡会是个好去处,那边略有庭园之胜,又有一个曲社设在一座船厅中,每逢曲期,红牙按拍,曼唱高歌,大可一饱耳福咧。

　　凡是游苏州的人,总得一游虎丘,好像不上虎丘,就不算到过苏州似的。虎丘的许多古迹,几于尽人皆知,不用词费,而我最爱剑池的一角,幽蒨独绝,当此清秋时节,倘于月夜徘徊其间,顿觉心腑皆清,疑非人境。苏州旧俗,中秋夜有"走月亮"之举,而以虎丘为目的地,长、元《志》有云:"中秋,倾城士女出游虎丘,笙歌彻夜。"邵长蘅诗有"中秋千人石,听歌细如发"之句。沈朝初《忆江南》词也有这么一首:"苏州好,海涌玩中秋。歌板千群来石上,酒旗一片出楼头。夜半最清幽。"海涌,就是虎丘的别名,当年中秋的盛况,可见一斑。不但清代如此,明代即已有之,但看袁中郎记虎丘云:"虎丘去城可七八里,其山无高岩邃壑,独以近城故,箫鼓楼船,无日无之。凡月之夜,花之晨,雪之夕,游人往来,纷错如织,而中秋为尤胜。每至是日,倾城阖户,连臂而至,衣冠士女,下迨蔀屋,莫不靓妆丽服,重茵累席,置酒交衢间。从千人石上至山门,栉比如鳞,檀板丘积,樽罍云泻,远而望之,如雁落平沙,霞铺江上,雷辊电霍,无得而状。布席之初,唱者千百,声若聚蚊,不可辨识。分曹部署,竞以歌喉相斗,雅俗既陈,妍媸自别。未几而摇头顿足者,得数十人而已。已而明月浮空,石光如练,一切瓦釜,寂然停声,属而和者,才三四辈,一箫,一寸管,一人缓板而歌,竹肉相发,清声亮彻,听者魂销。比至夜深,月影横斜,荇藻凌乱,则箫板亦不复用。一夫登场,四座屏息,音若细发,响彻云际,每度一字,几尽一刻,飞鸟为之徘徊,壮士听而下泪矣。(下略)"中郎此作,仿佛是记虎丘中秋夜的音乐会,自交响乐、大合唱、小合唱以至独唱,无所不有。可是十多年来的中秋节,除了白天还有士女前去游眺,借此点缀令节外,早已没有这种笙歌彻夜的盛况了。

**原载于《旅行杂志》1948 年第 22 卷第 10 期**
**(本文为节选)**

## 秋天的感觉

◎李国文

每个人在他的人生旅程中,都有愉快和不愉快的时候。

这种感觉,到了秋天,似乎反差要明显一些,愉快的人更加飘逸,不愉快的人,恐怕难免会更加沉重一点。

秋季来临,天高气爽,万里无云,心情好的人,自然是觉得非常痛快。因为他没有忧愁,没有什么不高兴的事。看见黄叶从树枝上落下来,他认为遍地洒满了金色的喜悦。看见路旁草尖上的寒霜,他觉得毛茸茸的十分温暖。虽然秋风吹在脸上已经有些凉意,可比起闷热的三伏天,要开心得多,舒畅得多。他敞着胸怀,唱着小曲,一路小跑,似乎天地之间的温馨和飒爽统统属于他了。

可是,假如这个人十分懊丧,碰上了倒霉的事,连喝凉水都塞牙的时候,就会感到秋天不那么快活了。触目荒凉,冷风飕飕,落叶飘零,枯草萋萋。此时,浑身上下很不自在,好像整个世界跟他过不去似的,连走起路来也没精打采的了。

其实,我也不赞成秋天早早地来临,因为金秋一到,也预示着寒冬即将来临。

所以秋天不像春天那样充满了希望,有着无限光明前景的展示。足足地可以放开手脚,大大地施展抱负的日子长着咧!嫩绿的春天和随之而来的浓绿的夏天,连在一起,是一个漫长的期待。优游从容,在希望中,在生长的季节里,来得及做许多有意义的,撒下种子即可萌芽,还能开花的事情。但黄色的秋天未免短促了些,紧接着便是白色的冬天。你还未在画板上留下一抹香山红叶的倩影,古都灰蒙蒙的红墙碧瓦的雄姿,那扯棉拉絮般的皑皑白雪就将一切色彩全部遮盖住了。

如果,真是纯洁的白色也还罢了,至少给人一点清净,不是的!很脏很脏,像一块盖了多少年的棉花套子,散发出一股霉味。于是在秋天,即使是金黄色的秋天,美不胜收的秋天,一旦想起那脏兮兮的白,马上倒了胃口,没了兴致。

不过,这也只是一种心绪而已。

说实在的,真是秋天光临,决不会有因为担心冬天的原故而上吊自杀的人。除非此公神经衰弱到极点;除非有自杀情结,无法控制,才会把脖子伸进绳套里。

剩下的绝大部分人,该郊游的还是要去圆明园,站在东倒西歪的大水法前留个影;该购买秋装的女士,忙于出入卡地亚或是银梦时装屋,努力表演出一个潇洒;该觉得秋天不失为结婚的最佳时节,赶紧用绳子(当然用月下老人的红绳,不过,有时也不用,硬拴)牵着未来的新娘去登记。一切照旧,毫无二致,对于秋天的感觉,只不过是一种心头上的"生的门答"①,也就是伤感而已。

但是,也有另一类人,透着一点点怪,属于北京人所说的"格色"家伙,未必是心术不良,或有什么阴暗心理(但愿如此!)。反正他春天里领教了"路上行人欲断魂"的滋味,夏天里尝够了"赤日炎炎似火烧"的苦头,在秋天,他经受了他认为

---

① 英语 sentiment(伤感)的音译。

的"秋风秋雨愁煞人"的惆怅。季节的变化反复,使他脆弱的神经,竟会产生"歇斯底里"的过敏反应。他对窗外所有一切,怎么也看不上眼,尤其是人,几乎所有的人。

他恼火愉快的人,因为他不愉快,这还说得过去。可他恼火人家不愉快,实在是没有什么道理的。不过也别奇怪,他的逻辑是:"凭什么你们能拥有我这种高尚的、高雅的、高贵的、非同小可的心绪呢?"

"呀呀呸!"他大吼。

因此,他在秋天里盼着冬天,先做起严寒的梦,挺乐意看到那些不顺眼的人,被冻得鼻青脸肿,手足僵硬。这时,他站立在窗帘后面,透过细细的缝隙,欣赏那些在寒冷中挣扎,冰雪里熬煎的人,心底里有一股说不出的欣慰。

生病的人,盼着别人生更大的病;快死的人,希望别人比他先死。在这个有着许多人的世界上,并不奇怪会有这种以别人更大的痛苦,来冲淡自己烦恼的人。

当初,他孤独,他寂寞,他有些病态,他本身至少在精神上,已是黄叶落尽的深秋。他曾经是个武夫,如今已无握枪之力。他曾经是个水手,再也爬不上桅杆。他曾经是个诗人,但灵感才华早随风而逝。他曾经是个多情种子,却失去了全部温柔。所以他要把别人留在永远的冬天里,他从中获得一些慰藉。

现在,他已经找不到力气去和窗外那些朝气蓬勃的,或是垂头丧气(也算是一种气)的人,去碰撞,去冲击,赛个高低,得个真快活,或是真悲哀,所以,他就不是那么一点点嫉妒,而是恨得要死要活的了。

一年四季,春夏秋冬,该来的总是要来的,同样,该去的总是要去的。英国诗人雪莱有句名言:"冬天已经来了,春天还会远吗?"即使最冷的冬天来了,甚至冰河期光临,其实没有什么了不起。远古时代,我们的老祖宗,不也活过来了么?

而且,经过冰天雪地里的滚爬厮杀,说不定身心健康,其壮无比,对于流行性感冒的抵抗力要强些。等到来年开春,也许显得体魄强健,精神抖擞,更让人羡慕不已活得开心自在呢?

同样,一个人的生命周期,其中也存在着春之生长,夏之辉煌,秋之成熟,冬之老当益壮这样的变化。成熟的本身,可以看作是一个新的生命小周期的开始。不要怨艾,赋出新声,努力给他人创造一点新鲜,一点快乐,那么,也就对得起这个大自然,对得起时间,更主要的,也对得起自己了。

## 写给秋天

◎罗兰

尽管这里是亚热带,但我仍从蓝天白云间读到了你的消息。那蓝天的明净高爽,白云的浅淡悠闲,依约仍有北方那金风乍起,白露初零的神韵。

一向,我欣仰你的安闲明澈,远胜过春天的浮躁喧腾。自从读小学的童年,我就深爱暑假过后,校园中野草深深的那份宁静。夏的尾声已近,你就在极度成熟蓊郁的林木间,怡然地拥有了万物。由那澄明万里的长空,到穗实累累的秋禾,就都在你那飘逸的衣襟下安详地找到了归宿。接着,你用那黄菊、红叶、征雁、秋虫,一样一样地把宇宙染上含蓄淡雅的秋色;于是木叶由绿而黄而萧萧地飘落,芦花飞白,枫林染赤,小室中枕簟生凉,再加上三日五日潇潇秋雨,那就连疏林野草间都是秋声了!

想你一定还记得你伴我度过的那些复杂多变的岁月。那两年,我在那寂寞的村学里,打发凄苦无望的时刻,是你带着哲学家的明悟,来了解慰问我深藏在内心的悲凉。你让我领略到寂寥中的宁静,无望时的安闲;于是那许多唐人诗句,都在你澄明的智慧导引之下,一一打入我稚弱善感的心扉。是你教会了我怎样去利用寂寞无聊的时刻,发掘出生命的潜能,寻找到迷失的自我。

你一定也还记得,我们为你唱"红叶为他遮烦恼,白云为他掩悲哀"的那两年怆凉的日子。情感上的磨折使我们觉察到人生中有多少幻灭、多少残忍,有多少不忍卒说的悲哀!但是,红叶白云终于为我们冲淡了那胶着沉重的烦恼和忧郁;如今时已过,境早迁,记忆中倒真的只残留着当时和我共患难的那个女孩落寞的素脸。是"白云如粉黛,红叶如胭脂",还是"粉黛如白云,胭脂如红叶"?那感伤落寞的心情如今早已消散无存。原来一切的悲愁,如加以诗情和智慧去涂染,将都成为深沉激动的美丽。你是曾如此有力地启迪了我们,而在我逐渐沉稳的中年,始领悟到你真正的豁达与超然!

你接收了春的绚烂和夏的繁荣,你也接收了春的张狂和夏的任性;你接收了生命们从开始萌生,到稳健成熟,这期间的种种苦恼、挣扎、失望、焦虑、怨忿和哀伤,你也容纳了它们的欢乐、得意、胜利、收获和颂赞。你告诉我:

生命的过程注定是由激越到安详,由绚烂到平淡。一切情绪上的激荡终会过去,一切彩色喧哗终会消隐。如果你爱生命,你该不怕去体尝。因为到了这一天,树高千丈,叶落归根,一切终要回返大地,消溶于那一片渺远深沉的棕土。到了这一天,你将携带着丰收的生命的果粒,牢记着它们的苦涩或甘甜,随着那飘坠的落叶消隐,沉埋在秋的泥土中,去安享生命最后的胜利,去吟唱生命真实的凯歌!

生命不是虚空,它是如厚重的大地一般地真实而具体。因此,他应在执著的时候执著,沉迷的时候沉迷,清醒的时候清醒。

如今,在这亚热带的蓝天白云间,我仍读到你智慧的低语。我不但以爱和礼赞的心情来记住生命中的欢乐,也同样

以爱和礼赞的心情去纪念那几年——生命中难得出现的那几年中的刻骨的悲酸与伤痛!

而今后,我更要以较为冲淡的心情去了解,了解那属于你的,冷然的清醒,超逸的豁达,不变的安闲和永恒的宁静!

# 淡紫的秋

◎季薇

——淡紫色的秋天,一年一度来到人间。

芦花白、枫叶红,乌桕树更像喝醉了酒。一抹夕阳,几阵细雨。江南的秋天,亲切中显得端庄,妩媚中有几分苍凉。

春夏两季的忙碌,已经有了收成。而田野里的荞麦,珊瑚的茎秆、翡翠的叶子、白玉的碎花——另一场丰收,正等待大家欢欢喜喜地去流汗。收割荞麦之后,就可以等着过中秋了。

翘着大角的水红菱,像小小的牛车;鼓着肚皮的大青枣,似一盏盏灯笼;熟透了的山楂是玛瑙粒,用线穿成项链,酸中带甜,既好吃又好玩;文旦、水梨、雪藕、花红……各色各样的水果,喷射各色各样诱人的香气。各色各样的干果,不服这口气,炒栗子、炒白果、炒香榧、炒花生、炒葵花子、炒山核桃……爆裂着简直逼人的香气。

秋天,真像魔术家的大口袋。

……

过了中秋,紧接着是迎神赛会的重阳。

吹吹打打,草台戏,开了场。吹吹打打,远近几十里地的菩萨们,都用轿子抬来看戏。

演的是对台戏,同样的戏码,同样的观众——看谁家演得卖力上劲,看谁家的花旦俏、谁家的小生帅;文场之外,更比赛

谁家的武场热闹火爆。

　　戏台,就搭在收割后的稻田上。人挤着人,你推我拥,当心足下被割剩的禾根把你绊倒!各种小吃摊子,一律插一根粗竹竿,撑起四角高翘的灰布篷,像煞大凉亭。数不清多少凉亭,围成一大圈,热热闹闹像个小市集。

　　还有,卖小风车、小皮鼓、泥猴子、泥公鸡的,竹竿上扎一把稻草——草垛子被五颜六色的小玩艺插满了,活像一树鲜花,在万头攒动的人海里浮沉招摇,逗着小孩子们的心直痒直跳。

　　两个铜板买一只泥公鸡,尾巴上真的长着几根公鸡毛,鸡屁股上安一支口哨,使劲一吹,真的喔喔叫;不,是呜呜叫。

　　离戏台不远的地方,也正出现一个兴高采烈的大场面。像小孩子忙着斗蟋蟀似的,大人们忙着斗牛。

　　按道理,牛儿们已经够辛苦了,秋收之后,正该让它们休息一下了。可是,主人们还要他们的老伙伴出场寻开心。据说,那是牛儿们的健康比赛,还郑重其事地请了裁判员。

　　灌满水的田地里,牛儿成双成对的,头顶着头、角撞着角,牛蹄踩得泥浆四溅。有的败下阵来,满场子便爆起了一阵叫喊声,是啦啦队的加油打气;牛尾一甩,牛蹄一抬,都像磁铁似的吸住了人们的眼光注意。三个回合之后,裁判员便大声喝令停止顶撞,免得伤了牛,也免得伤了牛主人们的自尊与和气。

　　既赶戏场,又赶斗牛场,舅舅们的肩头,经常让外甥们当马骑。

　　欢乐的秋天,飘响着欢乐的音符,闪烁着欢乐的光彩。

　　十岁那一年的秋天,草台戏依旧吹吹打打地开场,斗牛场上依旧挤满了人。可是,那秋天,涂上了一抹淡淡的紫色。

淡紫色的秋天,在心头抹上了哀愁。

不大不小的年龄,不知道什么是生离死别。眼皮肿得像核桃壳似的舅舅,哄着外甥说:

"你娘太累了,别吵醒她。"

似懂非懂的小心灵,也知道究竟是怎么一回事了。父亲从老远的任所赶回来,铁青的脸色好可怕。许许多多亲戚朋友都赶来了。从前赶戏场穿的花衣服,这回没得穿了,换上了麻衣。外婆的白头发显得比芦花更白,外公咬着旱烟袋闷声不响……总之,空气显得太特别太凝重。

……

母亲睡觉的床,是一个紫红色的大匣子,盖上了紫红色的盖子。吹吹打打的在亲友簇拥中,抬上了山。那锣鼓和丝竹,好像也很热闹,可是听着很刺耳。

沿途路祭,就有人揿着孝子下跪,揿着戴麻布白帽子的小头叩首。记不清下跪多少次、叩首多少次,最后究竟到了坟山。

唢呐呜哩哗啦地哭着,哭着……

人们的眼泪,好像都是被唢呐哭出来的。

鞭炮劈劈啪啪地响起来,那些纸房子、纸人纸马和金银元宝,一齐点着了火烧了起来,红红的火光里,飘升起几缕青烟。

青石墓穴打开了,睡着母亲的紫匣子,在十几个人扛抬之下,慢慢往那个深深的黑洞里下沉,最后堆上了土。

这时,全场肃静,风水先生端着罗盘,走上了墓顶,看了又看,对了又对,说了一些吉利话,接着掏出茶叶米,一把一把往坟下撒;坟下的亲友们,撩起衣襟一把一把地接……

然后,锣鼓鞭炮再度响起。孝子捧着神主,被按进素轿里,吹吹打打抬下坟山来。

两边的轿杠上,挂着两盏白灯笼,灯笼壳上贴着两个蓝纸剪的"胡"字。坐在轿子里,捧着罩着红绫的神主——这就是妈妈么?

她太累了,舅舅说别吵醒她……

从轿窗玻璃上偷偷往外看,天边的晚霞,正堆起了一层淡紫色。

……

母亲睡去的那一年,我正十岁,现在四十二了。

淡紫色的秋天又来了,淡紫色的秋天又来了。

## 敬　　启

　　因为某些技术上的原因,致使本书的个别作者尚未能联络上。敬请见书后,即与责任编辑联系,以便我们及时奉上样书与薄酬,并敬请见谅。